CW01432724

Relatos al espejo

El amigo de Cervantes y más cuentos

J. Medrano Gabilucho

LIBROS DEL GABILUCHO

© RELATOS AL ESPEJO. El amigo de Cervantes y más cuentos
© JESÚS MEDRANO GARCÍA (2016)
ISBN-13: 978-1533672759
ISBN-10: 153367275X
EDICIÓN 2ª: EL AUTOR
PUBLICACIÓN: CREATESPACE PARA AMAZON
MAQUETACIÓN Y DISEÑO: EL AUTOR
FOTO DE DISEÑO DEL LOGO:JAVIER MILLA

A mis amigos del Foro Gabiluchos

Índice

Memoria del soldado FVP

A cualquier soldado caído en guerra

Podría comenzar relatando que es un viernes, dieciocho de agosto, justamente el día en que asesinaron a Lorca hace setenta años y lo arrojaron a una fosa para que sus huesos compartieran la gélida muerte con los de un pobre maestro y dos pobres banderilleros (¡él, Federico, tan necesitado de calor siempre!). Y que la memoria histórica que se conserva de un hombre ha valido para salvar la de otros tres compañeros de infortunio.

Incluso podría alargarme y fantasear con aquel discreto maestro, docente vocacional sin duda, formado en el ideario luminoso de la República. Don Dióscoro. ¿Dónde ejercía su labor cuando lo detuvieron? Con semejante nombre, ¿cómo lo motejaban sus alumnos?

Podría comenzar diciendo que no existe la casualidad, que las historias nos buscan para que las escribamos. Sonaría muy romántico, pero no.

La fecha es tan solo un motivo de reunión familiar veraniega. Pocas ocasiones van quedando ya en que coincidamos tantos desde que murieron los abuelos. Después de una parrillada sublime en el enorme patio de la casa del pueblo, cada cual se ocupa en su digestión y algunos aprovechan para hacer limpieza de trastos olvidados en trojes y sobrados, en tenadas y zahúrdas.

Es entonces cuando surge, en estas labores de escombra, el último cachivache acarreado desde otra casa familiar recién vendida. Es una fotografía. Van a tirarla.

Podría sugerir que hay veces en que parece que una llamada sorda y secreta tabanea en nuestros oídos y evita que la humilde historia de un hombre —tan humilde que cabe en el angosto marco de una foto— vaya a parar definitivamente al olvido.

¿Qué es? ¡Lo vamos a tirar! ¿Por qué? Son tan solo las preguntas naturales, pero tienen el poder de cambiar la historia de una vida ya extinta y hace mucho tiempo olvidada. Porque nunca nadie está muerto del todo.

Se trata de una fotografía grande, de unos cincuenta por treinta centímetros aproximadamente, enmarcada en una madera que pudo ser de una calidad notable en su momento —aunque ahora completamente carcomida—; acristalada, por supuesto, y protegida en su parte posterior por un patrón de cartón fuerte y fijo por el habitual claveteado, hoy enmohecido hasta el punto de ceder a una débil presión de los dedos. Es la imagen de un soldado.

Es un hermano de la abuela. Tenía veinte años. Lo mataron durante la guerra, en la batalla de Teruel. Toda la vida llevaba presidiendo la pared del comedor de la casa de los bisabuelos. Toda la vida, recuerdan los mayores entre nosotros. Casi setenta años mirando inamovible desde un recuerdo sereno y haciéndose poco a poco invisible.

El tamaño de la fotografía nos habla de un homenaje de póstuma tristeza. Probablemente se trate de una ampliación de otra foto mucho más reducida, quizá enviada con orgullo castrense desde el mismo frente. La muerte le concedería ese dispendio que lo agrandase a la altura del sufrimiento de la familia.

No sería difícil para el historiador describir aquel mes interminable de un invierno espantoso entre finales del treinta y siete y principios del treinta y ocho. Aquel saliente del ejército franquista que había que neutralizar y que tuvo preferencia sobre otro plan alternativo contra Huesca… La historia es conocida.

E implacable. Tal vez este muchacho aterido por el frío extremo o por el miedo estaba ya entre los resistentes del primer momento, emboscado en alguna zona del recinto fortificado de la ciudad. Pero la historiografía no puede conocer el instante preciso en que un dedo anónimo aprieta el gatillo del máuser o la trayectoria mortal de las esquirlas rabiosas de la metralla que encuentran su cuerpo. Poco importa ya.

Quizás, a finales de mes, el tiempo va despejando y el cielo se va abriendo allá al fondo sobre el pico Espigüete (que él habría visto tantas veces blanquísimo y radiante de belleza). Una precaria bicicleta pugna por abrirse camino entre la débil senda bordeada todavía de nieve sucia, en la carretera que une la villa cercana con la aldea natal del soldado. Un operario del servicio de telégrafos porta un mandado funesto en su carterona de material pobre. Localizada la casa, puede intuir la primera lágrima cuando golpea la puerta…

Quedan los hermanos menores de la abuela y de aquel soldado, actualmente octogenarios. El escritor podría iniciar la busca de testimonios orales, indagar en el recuerdo incómodo para trazar un perfil, un carácter, de aquella alma que habitó en un joven esplendoroso hasta que cumplió los veinte años. A la vista del retrato es imposible sustraerse a la primera impresión del parecido físico con alguno de los tíos. Una frente alta con el pelo peinado hacia atrás al estilo de la época, los ojos limpios bajo cejas de líneas densas y la nariz recta y larga que tira hacia arriba del labio superior creando en él un pliegue familiar característico; la boca sellada pero firme, en otro gesto de discreción propio también de la familia. La cara alargada, casi imberbe, de niño.

La escritura podría rastrear, cómo no, libros de nacimientos y de difuntos de la parroquia, los escasos documentos administrativos que conserven en algún lugar la tinta desvaída de alguna noticia concreta. Sería como rastrear bajo la nieve las gotas de sangre de un pajarillo asaltado por las rapaces de aquel invierno. No es necesario.

Basta tomar el retrato que iba a ser destruido y desechado, guardarlo entre los propios papeles hasta que el tiempo se encargue también de nosotros, y consignar por detrás su nombre. Es uno de tantos muertos de la guerra cuya vida prolongo, con emoción, un instante más contra el olvido. No es relevante saber en qué bando luchó. Ni qué ideología defiende el cronista. Solo la misericordia humana importa. Que estas líneas le concedan un poco de eternidad. Se llamaba Felipe Vielba Pérez, natural de San Mamés de Zalima, Palencia.

La imagen

Tenía tantas ganas de entrar en casa que prácticamente he dejado a Mari, la vecina que nos guarda la llave, con la palabra en la boca. Le he dicho que más tarde pasaría a hacerle una visita con más tiempo, en cuanto terminase de ordenar algunas cosas, pues la casa estaría manga por hombro.

No he podido evitar un temblor en la mano cuando he metido la inmensa llave, de las de antes, en el ojo de la cerradura, que ha respondido muy bien a las dos vueltas con un leve chirriar que he querido recordar como gratamente familiar.

En el portal se nota el fresco de las casas de pueblo, y más en esta, que permanece cerrada todo el año salvo excepciones. Me he puesto la chaqueta por miedo a quedarme fría, aunque lo que no he podido evitar ha sido el desagradable olor a cerrado que carga el aire y parece desprenderse de las paredes.

Me he quedado como una boba en medio del portal, abrazándome a mí misma y frotándome los brazos, medio destemplada. La verdad es que llevo una semana con un humor de perros. No sé si será debido a la incomodidad del traslado o a este escalofrío que de un tiempo a esta parte me recorre el cuerpo y me hace estremecerme de vez en cuando. La idea de hacerme vieja me deprime.

He abierto el portalón de entrada, la ventana de la cocina y las que dan al corral por la parte trasera. Enseguida he subido a las habitaciones de arriba. Las paredes de cal desconchada y los cuatro enseres de cuando vivíamos aquí es todo lo que queda. Lo demás son trastos viejos que tanto mi hermana Raquel como yo hemos ido aparcando y olvidando cuando nos hemos acercado al pueblo, muy de tarde en tarde.

La última vez, hace tres veranos, recuerdo que me acompañó Juan, y no fuimos capaces de aguantar más que un fin de semana. En cuanto terminamos las labores de acondicionamiento, la casa se nos echó encima. Todavía le oigo reírse la primera noche, sentados los dos en la cocina a la luz de una vela y cenando unos bocadillos que habíamos traído. ¡Juan, Juan! Hace ya una semana que no le veo y su bondad es el único recuerdo de él que no me produce indiferencia. A Juan siempre le he considerado un asunto pendiente en mi vida, una cuenta que tengo que saldar conmigo misma.

Fue él quien me dijo en su consulta, con una sonrisa cariñosa en la boca, que lo mío eran problemas de la edad, que estaba perfectamente de salud. El malhumor y la sensación de depresión me comentó que eran síntomas muy habituales en todas las mujeres cuando les llegaba la menopausia. En parte es un consuelo que este escalofrío solo se deba a esa causa.

Cuando he descorrido la clavija del ventanuco del desván, el mundo se me ha venido encima. He arrimado una silla desvencijada de mimbre y me he sentado un buen rato a llorar en silencio, plantada frente a la hermosura de los recuerdos que se han abierto ante mis ojos. El atrio tranquilo, la iglesia, el pórtico majestuoso, como si el tiempo no hubiese pasado para él ni para mí tampoco.

"Cásate con Juan y déjate de pamplinas", me dijo Raquel la última vez que fui a visitarla. Como si fuera tan fácil, como si se pudiera borrar mi vida anterior de un solo plumazo. No: es una decisión mucho más delicada porque supone una revisión de mi pasado completo; es un comenzar de nuevo y no sé si a estas alturas tendré fuerzas para ello.

Claro que Juan sabe todo de mí mejor que nadie, y a él parece no importarle lo que he sido. ¡Dios mío, cómo puedo estar tan fría en estos momentos en que me estoy jugando a una sola carta la otra mitad que me queda por vivir!

Siento miedo ante la idea de quedarme definitivamente sola, pero siento mucho miedo también ante la posibilidad de tener que empezar una nueva vida dignamente.

"Te esperaré —me dijo Juan—, pero no tardes". Así, escuetamente, como es él, un hombre sencillo que tampoco quiere perder el último tren. Lo mismo que la primera vez que nos citamos, hace más de tres años, cuando fui a su consulta para una revisión que me hacía periódicamente.

La verdad es que nunca he sabido por qué acepté la cita; quizá porque me lo dijo de esa manera tan tranquila, tan característica suya. Esa tarde, mientras estaba comiendo, por un momento pensé que no sabía con quién había quedado para salir, pero seguidamente comprendí mi ingenuidad: era su discreción lo que le hacía disimular, pues a su consulta iban otras muchas como yo. Imposible que no lo supiera. Sentí una náusea en el estómago y estuve a punto de renunciar. Más tarde me encontré mejor y me dije que al fin y al cabo yo no iba a perder nada. Acudí, creo que tan solo por curiosidad. Además, me animaba soterradamente la idea de que ya había ido unas cuantas veces a revisión y nos habíamos tomado cierta confianza.

Aunque habíamos tratado poco, sabía que me tenía simpatía y, por qué no, un poco de cariño. Por mi parte, yo me había limitado a mostrarme algo más sincera de lo habitual con él. Su personalidad suscitaba una confianza que me invitaba a comportarme de este modo.

Y así es como ha sido nuestra relación en estos tres largos años, una sucesión de momentos tranquilos, excluidos los primeros meses en que no me resolvía a contarle lo que había sido mi vida anterior por una inseguridad que me quemaba por dentro. ¡Era tan bueno conmigo! Cuando por fin me decidí a confiárselo, me puso la mano en la boca y me dijo que ya se lo podía imaginar. "Lo importante viene a partir de ahora", me cortó, y siguió hablando de no sé qué cosas intrascendentes. Tuve que disculparme e ir al servicio a enjugarme una lágrima que estaba a punto de escaparse de mis ojos.

Fue entonces cuando dejé lo otro y puse la pequeña tienda de lanas, que ha funcionado tan bien. Tenía ahorrado algo de dinero y comprendí que era el momento justo de retirarme de aquello. Juan se alegró más que yo misma de mi decisión.

Hemos pasado por momentos buenos y malos, sobre todo por mi culpa, pero se me ha pasado todo este tiempo casi sin darme cuenta. Hasta hace unas semanas, cuando empecé a sentirme incómoda y de mal humor. Si fui a su consulta fue porque no podía esperar a nuestra cita por la tarde. Estaba histérica, y por primera vez desde que le conocía pensé que lo nuestro iba a terminarse. Me sentí fría.

Me puse a llorar como una descosida delante de él, allí mismo, y me consoló diciéndome que la menopausia no era más que un hecho biológico más en la vida de una mujer. "Cásate conmigo", me soltó inesperadamente.

Me he venido al pueblo sin saber muy bien si es el fruto de una decisión ya tomada o simplemente a tomar esa decisión.

No sé si quiero alejarme de él para siempre o decidirme a pasar el resto a su lado.

Si vendo la tienda, puedo montar aquí otro negocio. El pueblo tiene ahora nuevas necesidades y un pequeño supermercado le vendría muy bien. No sé qué hacer. Tendría que arreglar la casa y quedarme a vivir aquí para siempre.

Eso es lo que le he dicho a Juan antes de venirme, aunque le he prometido que le llamaría para comunicarle mi decisión final. De momento, tengo algún tiempo para poner en orden la casa y sacar de ella este frío que ahora me recorre el cuerpo entero por dentro.

***

Me fui de casa a los dieciséis años, en parte por la incomprensión de mi padre. Estaba harta de oírle que no tenía ningún provecho, pero el primer día que me dio una bofetada no puede aguantarle más. Hoy, con la distancia de los años, soy más benevolente al juzgarle y puedo comprender mejor su actitud conmigo, pero todavía no he sido capaz de perdonarle.

Estaba llorando a moco tendido sentada en el sofá junto a mi madre, la cabeza baja, y todavía tuve que escucharle que para lo único que valía era para arreglarme y correr detrás de los chicos. Luego se marchó a la cama mascullando improperios contra mi madre, contra nosotras y contra todo el mundo. Creí que le odiaba.

Reconozco que en el pueblo éramos entonces muy pocas chicas jóvenes y que hubo algunas ocasiones en que llamé un poco la atención, pero mi padre nunca supo entenderme porque ni yo misma me conocía bien en aquellos años.

Andaba un poco alocada, es verdad, aunque era más el ruido que las nueces. Lo que pasaba era que en un pueblo pequeño todo se sabía y se comentaba, y a mi padre le ponía malo que le fuesen con cuentos de algún tipo. Nunca he pensado que fuera mala de verdad, pero lo que llevaba por dentro me hacía parecer ambigua y en aquel ambiente significaba tanto como ser mala.

Me gustaban los chicos, claro que sí, como a cualquier otra de mi edad. Y yo no era de las menos agraciadas. Hablaba con ellos y mi insatisfacción constante me hacía ser descarada muchas veces, y ellos lo interpretaban a su manera, acosándome y dándome fama de ligera. Hoy puedo jurar que a nadie menos que a mí le han gustado los hombres. Cualquier otra muchacha de las de entonces era más atrevida en los hechos que yo, pero las otras supieron cómo hacerlo, mientras que a mí me traicionó mi falta de picardía. Por eso me he atrevido a decir que no era mala.

Ahora me doy cuenta de que buscaba en ellos una pasión que no podía encontrar porque no había nadie preparado para dármela, y como no la encontraba, terminaba cansándome y despreciándolos. Ellos buscaban mi cuerpo y yo me abrazaba al suyo esperando sentir otra cosa, no sabía exactamente qué, que nunca llegaba.

Hubo alguien que también se llamaba Juan, hijo de unos vecinos que tenían la cantina muy cerca de nuestra casa. Habíamos empezado a tontear en las fiestas del pueblo, por la Virgen de agosto. No sé por qué me había parecido distinto de los demás, tal vez su aspecto de niño tímido. Recuerdo que le había estado contando mis planes de marcharme a trabajar fuera. Desde que había terminado en la escuela, la vida en casa se me hacía insoportable. A mi padre ya parecía molestarle todo lo que viniese de mí. El muchacho me escuchaba en silencio, como pensativo y concentrado en lo que le estaba diciendo. Ni siquiera me miraba, y eso yo lo interpretaba como una inocencia a la que no estaba acostumbrada. Anochecía y estábamos en la esquina de su casa, donde nos habíamos puesto a charlar desde hacía un rato. Escuchaba y golpeaba con el talón insistentemente la pared, en un movimiento nervioso que a mí me resultaba despreocupado y simpático.

Sentí la presión de su mano en mi brazo y solo me dijo: "Ven", forzándome a seguirle. No le di mucha importancia, pero su urgencia me resultaba desagradable. Ya era de noche. Me llevó al atrio de la iglesia, desde donde se podía ver encendida la luz de la cocina de mi casa. Le pregunté por qué me había llevado allí y me contestó que así estaríamos más tranquilos. Me tomó de la mano y me hizo sentarme a su lado, recostados los dos en la puerta de la iglesia. "Aquí no pueden vernos", me comentó solo. Yo le seguí contando mis planes, y por un momento pensé que mi felicidad iba a ser completa. Aquel lugar tenía algo, lo había notado toda mi vida; lo había visto desde que había nacido prácticamente; lo había observado también alguna vez después. Y pasó una imagen antigua, como un meteoro cruzando el cielo de mi cabeza, una imagen de hacía pocos años pero que estaba como unida desde siempre también en mi cabeza al pórtico de la iglesia, a mi vida y a mis sueños.

"Calla", me dijo. Me tapó la boca, violentamente, con su boca. Noté la presión de su mano en mi pecho y le sentí abalanzarse sobre mí. Traté de retirarle con delicadeza, sorprendida pero todavía esperanzada. No me hizo caso y comencé a sentirme mal. Me dijo casi con mala educación que no hacía más que hablar. Le abracé por un momento, extrañada, y ya casi por compasión le permitir babear toda su inexperiencia sobre mi cara. Quiso soltarme el pantalón y aquello ya me pareció el colmo. Le apreté el cuello clavándole con fuerza mis uñas y le llamé cerdo con rabia, arrastrando la palabra junto a su oreja. Me incorporé y corrí a casa asustada. Me metí en el lavabo y mientras me contemplaba en el espejo, vi desvanecerse ante mis ojos una visión pasada, de hacía pocos años, una visión que estaba confundida en mi cabeza formando parte del pórtico de la iglesia y del mundo de mis sueños.

***

La vida en la ciudad no fue fácil, y bien sabe Dios que si entré en el alterne no fue por vicio sino por forzosa necesidad. He cometido muchos pecados en mi vida, pero si de uno no soy culpable, ese es precisamente en el que he estado cayendo durante casi treinta largos años, ejerciendo y padeciendo un oficio que solo de pensarlo me da asco.

Me he entregado a muchos hombres, tantos que no puedo recordarlos más que como una sola cara, grotesca y cruel. Al principio solo era ponerles una copa y mostrarme lo más cariñosa posible. Yo hacía esto casi por diversión, pues cuando entré en la primera barra ya estaba muy entrenada en el arte de manejarlos. Cuando tienes claro lo que quieren, todo es muy fácil; el secreto está en saber negárselo en el momento preciso y dárselo también en su preciso momento.

Nunca me desnudé para nadie que no me inspirase algún tipo de sentimiento. Estuve prácticamente dos años sin poder soportar que me pusiesen la mano encima. Aquello me parecía provisional y pasajero, convencida de que había una gran diferencia entre el resto de las chicas y yo. Tenía en la cabeza constantemente la idea de hacer un poco de dinero y con eso poder resistir hasta encontrar un trabajo digno. En esos dos años escribí a mi madre media docena de veces, tranquilizándola y diciéndole que estaba aprendiendo corte y confección en un taller, y que por las tardes hacía la limpieza de ese mismo local, cobrando un dinerillo extra que me servía para ir tirando. Pero nunca volví a casa en todo ese tiempo. La idea de tener que ver a mi padre frente a frente me revolvía el estómago. Él no entendería nada de lo mío, y la sola posibilidad de que algún detalle me desenmascarase ante su mirada, me producía escalofríos. Yo me justificaba ante mí misma diciéndome que no había ninguna diferencia con despachar en una tienda o en un bar cualquiera, por mucho que la gente no pudiera entenderlo y menos en mi casa.

He amado algo en todos los hombres con los que me he acostado, casi siempre a pesar de ellos. Nunca acepté una sola relación por satisfacer una necesidad urgente y sucia. Siempre procuré que fueran muchachos jóvenes y más bien inexpertos, y no había más condición que una vaga imagen que yo quería encontrar insistentemente en sus ojos, en sus manos, en su forma de moverse y hablarme... Creo que siempre he buscado un sueño.

Resulta curioso decirlo en un oficio en el que se merca con la dignidad de las personas, en el que se paga por gozar la carne ajena, en donde el amor es una palabra que se ensucia cada vez que se pronuncia y al final una decide que es mejor no pronunciarla. Será curioso y contradictorio, pero yo siempre lo he sentido como muy real. Me avergüenza decirlo, pero he buscado el amor.

Sobre todo al principio, tomaba sus manos. Me gustaban las manos pálidas y temblorosas; se las llevaba a mi cara, a mi pelo, a mis hombros, buscando o suplicando las caricias que me limpiasen de lo que iba a venir después. Demoraba y reprimía sus intentos precipitados y bruscos de tocar el resto de mi cuerpo. Espaciaba sus besos, sujetándoles la cara y haciéndoles ensayar una ternura que yo bien sabía que nunca podrían darme. Cerraba los ojos para disfrutar con fruición de esos primeros instantes, y me trasladaba a un mundo que estaba muy lejos de la sordidez del presente. A veces dije también palabras hermosas a sus oídos, como reclamando otras palabras igualmente hermosas que entrasen en mí como el aire fresco de las mañanas cuando era niña. Pero nada de esto llegué a oír jamás. Palabras soeces, blasfemias, guarradas, ese era el regalo que salía habitualmente de aquellas bocas de animales. Terminé prefiriendo el silencio y hubo veces en que no crucé ni una sola palabra con mi acompañante desde que entré hasta que salí del cuarto.

Nunca me satisfice físicamente. Tampoco creo que sea esto un descubrimiento entre las que hemos practicado el oficio. Cuando conseguía alimentar unos instantes mi imaginación, enseguida procuraba hacérselo de manera que terminasen cuanto antes.

Y jamás permití que el dinero me lo diesen dentro del cuarto, ni antes ni después de hacerlo. Para eso preferí normalmente el momento de conocernos, después de haber hablado un rato y haber llegado a un acuerdo, como si de un simple negocio se tratase. Al salir del cuarto era totalmente imposible, pues nunca miré a nadie después de haber estado con él. Para mí se convertían en una especie de muertos. Por supuesto que a temporadas tuve algunos asiduos, pero les pedía no hablar de las veces anteriores y no acepté que nadie me contase su vida ni que entablase amistad conmigo.

Miento. Solo a un muchacho amé más que a los demás. Es verdad que le exigí las mismas condiciones de entrada que a los otros, pero le amé sin que él lo supiera y si alguien como yo puede amar de verdad.

Fue después de la muerte de mi padre, una de las pocas veces en que volví al pueblo, en la época también en que intenté por primera vez poner la tienda de lanas. La muerte de mi padre me había afectado más de lo que había supuesto en un principio. Tanto que estuve a punto de quedarme a vivir con mi madre. Pero tenía ya tanta historia recorrida que la idea de la vuelta y la negativa de mi madre terminaron por hacerme desistir. Cuando regresé a la ciudad, busqué desesperadamente un local para montar un negocio que hasta muchos años más tarde no se haría realidad, y por primera vez también sentí que estaba perdiendo mi vida inútilmente y que había llegado el momento de rehacerme y salir del fango.

La realidad frustró por unos motivos u otros esta primera tentativa, pero ya nunca se despegó de mí la idea de abandonar el oficio. Quizás fue también este estado de melancolía o de lo que fuera, a raíz de la muerte de mi padre, lo que me hizo ver a aquel muchacho con ciertos ojos de esperanza. Tonta de mí, que pude imaginarme alguna vez que pueda existir salvación para los que la vida nos arrastra irremediablemente por sendas tortuosas; pero mi estado de ánimo estaba muy revuelto en aquel instante para darme cuenta de estas cosas.

Me visitó unas cuantas veces y recuerdo que la primera no fue capaz de llegar al final. Tenía una mirada triste y desde el primer momento se mostró muy espléndido conmigo. Fui yo misma la que tuve que tirarle de la lengua para que me contase algo de su vida. Según supe después, la primera noche que se presentó en la barra lo acababa de dejar su novia en la más completa soledad. Venía algo bebido y no fue difícil convencerle para que entrara conmigo. No le pregunté su nombre, y le pedí que no me lo dijese cuando surgió en la conversación; por mi parte, también le dije que no le importaba cómo me llamase.

Era unos cuantos años más joven que yo, pero aparentaba un cansancio que le hacía mayor. Trabajaba en un banco. Cuando le vi echarse sobre mí, desganado y silencioso, comprendí que no me necesitaba. Tras unos intentos de buscar el placer inútilmente, se incorporó y se sentó callado a mi vera. Luego me dijo solo que no podía y yo intenté consolarle diciéndole que seguramente sería por lo que había bebido. Lo que hablamos en aquella ocasión fue entrecortado por sus sollozos. En muchos años de oficio no había visto nunca llorar a un hombre delante de mí.

Y su llanto, así, abrazado y acurrucado a mi vera, me transportó de nuevo a una tarde antigua, en la que no consigo recordar si estaba empezando a llover o si fueron también mis propias lágrimas las que mojaron mi rostro. Por un momento, pensé que podíamos ser nosotros dos, aquel muchacho desconocido y yo, la imagen de alguien que llevaba grabada en mis sueños, alguien sentado bajo el pórtico de una vieja iglesia, una imagen que resumía en mi interior el secreto de la felicidad.

Salimos juntos un par de veces a cenar, y el muchacho volvió alguna vez más a visitarme en la barra. Después, sin más razón, dejó de venir.

***

Yo tenía entonces doce años y mi hermana Raquel siete. No recuerdo si ya habíamos comenzado el curso o fue al final de las vacaciones de verano, pero sé que hacía frío, o yo al menos lo tenía o lo sentía por dentro.

Llevaba unos días que me levantaba de la cama destemplada y mi madre me había dicho que a lo mejor tenía algo de fiebre, porque tenía calor en la frente.

Nos habíamos echado un rato la siesta y Raquel no me había dejado pegar el ojo con sus risas, sus patadas, su insistencia para que le contase algún cuento. Yo me sentía cansada y un poco triste sin saber por qué. "Cuéntame cosas de chicos", me dijo de repente, con una sonrisa picarona en los labios. Yo no sabía qué decirle, pero me sentía en la obligación tonta de demostrarle que los años que le llevaba de diferencia eran por algo. Mira tú lo que iba a saber yo entonces de aquellas cosas.

Le inventé cuatro fantasías sobre nosotras cuando fuésemos mayores, que estaríamos casadas, que tendríamos niños y que seríamos felices, todo eso. Ella me escuchaba embobada y por un instante me pareció que se le cerraban los ojos. En cuanto dejé de hablar, los abrió y ya no me dejó parar hasta que nos levantamos. Abajo se oía a mi madre en las faenas de la casa.

Mientras nos vestíamos le dije que nos iba a reñir si bajábamos tan pronto, y ella me contestó al oído que por qué no subíamos al desván a revolver.

Ya lo habíamos hecho otras veces y nos encantaba. Abríamos los arcones en donde mi madre había ido guardando ropa que ya no se usaba y nos probábamos todo lo que caía en nuestras manos. Jugábamos con las figuritas de un belén que mi madre desempolvaba por Navidad y ponía en el cuarto de estar. A veces, yo misma le ayudaba a Raquel a sentarse en la silla alta que utilizábamos para comer cuando éramos pequeñas.

Por fin nos decidimos y subimos las dos en silencio, conteniendo la risa. Le tuve que dar un cachete para que no metiese bulla. Una vez arriba, lo primero que hice fue descorrer la clavija del ventanuco para que entrase claridad, pues allí no había bombilla.

De momento, me volví a ver en qué estaba enredando Raquel y no presté atención a lo de fuera. Luego fui a abrir de par en par el ventanuco y me llegó del exterior la voz de alguien desconocido. Me acerqué y miré a hurtadillas. No quise decirle nada a mi hermana, porque sabía que su comportamiento nos iba a delatar. Mientras ella se entretenía con las figuras del belén y me reclamaba para que jugase yo también, me aposté detrás del ventanuco y observé lo que había fuera.

No sé si fue la claridad de la tarde lo que me hizo estremecerme o una sensación desconocida hasta entonces para mí. Pero sé que por mi cuerpo pasó una especie de corriente que me produjo un temblor.

Sentado bajo el pórtico de la iglesia, recostado contra su misma puerta, había un muchacho de quien no podría precisar la edad. Con doce años, todos los mayores parecen de una edad indeterminada. Era de cara pálida e iba todo él vestido de azul, un azul oscuro que recuerdo muy nítidamente.

Estaba fumando y hablaba con alguien que estaba al otro lado del atrio de la iglesia. Su tono de voz era bajo y yo no podía entender lo que se estaban diciendo. Me aparté un momento y sentí una mezcla de curiosidad y vergüenza. Pero la curiosidad pudo más y seguí mirando. Raquel continuaba entretenida en lo suyo.

El joven se echaba el pelo hacia atrás con las dos manos de vez en cuando, y apoyando los codos en sus rodillas, dejaba descansar su cara en una mano y en otra, perdiendo la vista hacia lo alto, hacia los lados, mirando de frente otras veces, en dirección a alguien que debía de estar junto al muro de piedra que delimitaba el atrio y que yo no alcanzaba a ver desde mi observatorio. Hablaba muy bajo, haciendo algunos gestos con la mano a la persona que tenía de frente, y sonreía.

Raquel se acercó a mí por detrás y me preguntó qué pasaba. La mandé callar llevándome el dedo a los labios, y le dije que mirase por la ventana. Ahora el muchacho observaba y señalaba en dirección a la acacia que había en un rincón del atrio, como haciendo alguna observación a la persona con quien hablaba y permanecía invisible. Abrí un poco más el ventanuco para alcanzar con la vista el rincón donde estaba el árbol, pero no vi a nadie allí. La acacia dejaba mover ligeramente sus hojas al contacto con las pequeñas ráfagas de viento que se estaba levantando.

Noté un poco de pesadez en los riñones y lo achaqué a la postura en que estaba mirando, de pie, alargando el cuello para mirar entre la ranura que dejaban las dos hojas del ventanuco. Raquel se agarraba a mí y hacía pequeñas risas que yo trataba de cortar zarandeándola por el hombro.

De repente, alguien se levantó por encima del muro de piedra, de espaldas a nosotras. Me aparté rápidamente del ventano, sobresaltada, y cerré las dos hojas. Mi hermana se obstinaba en que le dejase ver lo que estaba pasando. La tomé con fuerza por los brazos y le dije que si no se estaba quieta nos bajábamos del desván. Me puso una cara dócil y volví a entreabrir.

Era una muchacha también muy joven. Se había sentado en el suelo con las piernas cruzadas y recostada a su vez contra él, metida entre sus piernas y apoyados los brazos en las rodillas del chico. Tenía una cara graciosa casi de niña. Llevaba el pelo revuelto, de color castaño, y de vez en cuando dejaba caer hacia atrás la cabeza, apoyándola en el hombro de su compañero. Mientras permanecía un instante en esa postura, yo podía ver con claridad la especial hermosura de aquel rostro de mujer y niña al mismo tiempo.

Vestía sencillamente un pantalón vaquero y una camiseta blanca que acentuaba aún más su palidez. Sus manos acariciaban despacio las rodillas del muchacho. Tenía un cuerpo que a mí se me antojaba bello y lleno de esplendorosa juventud.

No sé por qué tuve que identificarme con aquella muchacha, e inmediatamente pensé en mi cuerpo. La envidié. Deseé que mi trenza rubia de niña fuese aquel pelo suelto y despeinado. Quise que mi boca fuese aquella otra boca entreabierta, apenas perceptible desde donde yo estaba. Anhelé tener sus manos, su risa y sus palabras, y estar donde ella estaba.

Muchos años después, Juan me haría comprender la belleza de aquel pórtico románico, dijo él, tan admirado por todo el mundo, y que a mí se me había escapado por el mero hecho de tenerlo delante de mis ojos desde que nací.

Pero aun sin entender nada, la majestad del Cristo con sus apóstoles, los arcos adornados con motivos extraños, las columnas de los lados con sus capiteles labrados, pienso que tuvieron algo que ver en una especie de sortilegio que se apoderó de mí.

Luego el muchacho comenzó a acariciarla. En silencio, le pasaba la mano con delicadeza por el pelo, le abrazaba los hombros y dejaba posar un beso lleno de ternura en su cara. Ella lo aceptaba con felicidad. Cada uno de aquellos gestos se transformaba con suavidad en otro gesto, cada caricia era seguida por otra caricia diferente, cada beso mantenía su dulzura hasta que llegaba un beso nuevo…

La voz enérgica de mi madre llamándonos me pareció sacarme de un sueño. Raquel corrió inmediatamente hacia abajo. Yo permanecí un instante todavía, sobrecogida, con los brazos cruzados acariciándome a mí misma. No sabía qué me estaba pasando y me sorprendí una lágrima resbalándome por la mejilla.

Tuve frío y deseé que me abrazasen. Noté que algo se desocupaba en mí y palpé bajo mi falda, en un gesto impremeditado, una humedad líquida y caliente que me manchaba los dedos de rojo.

Bajé corriendo, asustada, al lavabo, y mientras me limpiaba me vino a la mente la imagen todavía fresca de los dos jóvenes que acababa de ver acariciándose, confundidos con las imágenes del resto del pórtico, como dos estatuas más en mi cabeza para siempre.

Casa de doble planta

Cuando ve la casa se le antoja extraña, no porque su aspecto externo presente alguna particularidad que la haga distinta comparada con las otras muy similares que la flanquean —adosadas entre sí como están, ella en medio de todas—, sino porque nunca ha podido reprimir la impresión de que una casa es un rostro que nos mira también a nosotros cuando nos situamos de frente. Y de ahí nace quizás la extrañeza, al comprobar que esta, precisamente, no solo se muestra irreductible a los ojos sino que además devuelve una mirada secreta y múltiple, desde los innumerables reflejos que vierten los cristales de una galería amplia, enmarcados en maderas nobles, acariciados por delgadas cortinas que velan un interior sin duda luminoso.

La galería posa sobre recias columnas formando el conjunto un soportal amplio. La casa es de dos plantas. El bajo está dedicado a funciones comerciales.

Sabe que en la parte alta le esperan, porque así lo dicen las cartas y las fotografías guardadas desde antiguo. Sabe que viene a consumar un compromiso. Sabrá que la casa se extiende mediante un largo pasillo, con las habitaciones distribuidas a ambos lados, habilitadas las de uno y dedicadas a trastero de cosas olvidadas las del otro. Sabrá que entre ida y vuelta a lo largo de este pasillo es posible también urdir una traición.

***

Arriba habita ella, que le está esperando. Con toda seguridad, ahora se ocupa silenciosamente en el orden minucioso de los detalles. La limpieza de suelos, espejos y mobiliario en general. El alisado de camas, recién mudadas esta misma mañana con suaves sábanas de delicados estampados en su fondo. El plisado exacto del ajuar que reposa en los armarios, esperando también: chaquetón de piel, abrigos, jerseys, fina lencería todavía sin estrenar.

Y en el comedor la mesa montada con vajilla nueva, cubertería reluciente, copas de finísimo cristal, y en el centro un jarrón de rosas naturales que exhalan todavía su fragancia dulce y original.

Solo en la cocina, con la puerta discretamente entornada, el olor que emanan los alimentos en preparación aporta una nota sensiblemente diferente (quizá, sí, mostrenca) en relación con el conjunto, pero disculpable en cuanto que la humana especie está también sujeta a este tipo de contingencias.

***

Cuando sube y la ve, comprende que el tiempo ha torneado su figura confiriendo a su persona un acabado de matices que desde siempre poseyó potencialmente: armonía de un cuerpo que se estrecha en la cintura y recupera la curva en sus extremos mediante la prominencia del busto y el redondeado de la cadera, dejando adivinar una anatomía fértil; elegancia y distinción en el movimiento, con suaves y medidas variaciones en los gestos, posición y ademanes, expresividad de un temperamento educado en una vida regalada y sin sobresaltos; serenidad altiva del rostro: frente limpia de arrugas, ojos que aun en su viveza resultan tristes, pelo claro en forma de media melena cayéndole sobre un cuello grácil.

Más adelante podrá observarla en su actividad favorita, ya desde el interior, en la sala impecable que forma la galería, amueblada en blanco, con adornos de plantas naturales en los rincones perfectamente cuidadas, rebosantes de lozanía. Sus manos pequeñas y pálidas, de uñas cuidadosamente recortadas y sin pintar, oscilando como dos palomas cándidas por las superficies inmaculadas de la mesa camilla, de la mesita de cristal, por el reborde dorado de las sillas y la funda floreada y lisa. Manos tenues que volarán de súbito a su espacio más amado, aquella hornacina donde se adora el puro aire con alas y colores. Vitrina que guarda sus diminutas muestras de perfume. Miniaturas menudísimas de colonia, vidrios minúsculos de clásico labrado, quintaesencia concentrada de solo olor. Decenas, centenas quizás, de aromas únicamente diferentes a una nariz sutil hasta lo puramente espiritual.

Allí reordenará, tejerá, modelará, cadenciosa pero incesantemente su calidoscopio particular de fantasía, solo perceptible mediante la inspiración con los ojos cerrados.

Allí le descubrirá un día los secretos de la casa, la trampilla oculta bajo el aparador, que comunica desde siempre con la planta baja.

***

Pero otra es la que mora debajo, aunque él no lo sabe todavía. A veces, bajo sus pies se escucha una música confusa que proviene del local sobre el que se asienta la casa. Planta dedicada a mercaderías, subterráneo o catacumba sobre el que se cimentan sus pasos.

Un día bajará y conocerá en toda su extensión este hervidero de gente en horas punta, un bullicio de montones de almas tirando despistadamente, absortos y sin convencimiento, de pesados carros de metal cargados hasta los bordes. Pirámides inmensas de alimentos en conserva, estantes atiborrados de alcoholes, vinos, aceites, caldos, químicas mixturas destinadas a limpiezas, fregados, lavados, suavizados, potingues pringosos, envasados o al natural, allá al fondo, donde las carnes supuran todavía su sangre, visibles a través de las vitrinas frigorífico, donde jamones y lomos se someten al tacto helado de las cuchillas mecánicas, donde yacen con ojo mortecino los pescados enterrados en su tumba glacial. Una luz artificial y amarilla lo inunda todo, lo toca todo con el olor penetrante del azufre a trechos.

Otra es la reina de este subsuelo, y por ella se urdirá la traición. Oscura como noche cerrada, se desplaza con rapidez galopante por el vuelo de su bata, por la estela ondeante de su melena negra, suavísima cola de yegua.

Verá un cuerpo desnudo en el humo del sueño y un aliento salvaje quemándole la cintura, una boca como cuchillo de carnicero mordiéndole, rasgándole, dividiéndole en dos mitades. Sentirá un dolor de lava viva, fluyéndole circularmente desde la planta del pie derecho, por la rodilla, el muslo, la pelvis, muslo izquierdo, rodilla izquierda, pie izquierdo y masa con tierra hasta volver a la otra planta, mientras el tronco permanece impasible, anestesiado y ajeno a esta guerra librada en otro campo, con otras armas y otra estrategia.

Y comprenderá que también es necesario morir por esta reina, cultivar esta flor maligna que brota en ausencia de luz, tentar el misterio.

Bajará en días sucesivos, con disculpas pueriles, a efectuar pequeñas compras que no recuerda al final, mercando cualquier artículo que no tenía previsto, tanto da con tal de recrear entre pasillos, desde distintos ángulos, los mil matices de una ceremonia de iniciación: ¿qué terror hay escondido tras esa voz grave, que expende frutos rojos con la magnanimidad de una diosa, con la desenvoltura y el descaro de una verdulera?; ¿qué pasión guardan sus manos, sucias del alimento, entre el frenesí de colocar botes, cajas y botellas, y la parsimonia en el tacto de artículos baratos de regalo?; ¿qué violencia duerme en una frente velada, resoluta o dubitativa, cuando ejerce en funciones de embalaje?; ¿qué muerte, qué muerte amenazan sus piernas elásticas, como ramas de una planta voraz que abraza o ahoga?

Bajará en adelante, porque ya no resulta suficiente la sola contemplación, con la decisión de hablar con ella, de tocarla, de tenerla para desvelar el misterio. Bajará con frialdad y sin reservas ni disimulos. Hechizado, perdido, transportado en el aire de su sola presencia. Y aquel lugar se convertirá en mazmorra y laberinto.

Pero la traición no se consumará. Otra naturaleza mejor actúa en él. Entre la planta de arriba y la de abajo otro hueco se instala. Zona medianera en sombras, donde vigas añejas atraviesan longitudinal y transversalmente la superficie de la casa, prestando suelos a la parte de arriba y sirviendo techado a la de abajo. Zona solo habitable de polvo y de murciélagos filtrados por intersticios desconocidos.

Ese será su lugar cuando comprenda que esa era la mirada secreta que reflejaba la casa. Pero la traición no se consumará. Comprenderá que una y otra reina se reparten el gobierno de esta mansión, sin que ninguna de las dos tenga poderes absolutos, sin la posibilidad de excluir a una de ellas en la elección, porque las dos son una misma y distintas al mismo tiempo. Y la elección entonces será dolorosa, como decidir entre el aire y el agua, el pensamiento y la sangre, el sol y la luna, la vida que uno vive y la que pudo vivir, la mujer que uno ama y la que pudo amar, la serenidad y el estremecimiento.

Finalmente, un día tomará la decisión. A solas en la casa, apartará el mueble que cubre la trampilla secreta. En la alfombra puede percibirse el abultamiento que forma la anilla sobre la tapa de hierro. Retirará la alfombra y levantará la trampilla. Un cristal mugriento en su cara interna, produciendo un efecto de espejo, precariamente sujeto por puntas, le permite ver su propio rostro envejecido. Desclavar las puntas y retirar el cristal, calculando entre las vigas la resistencia de la capa que forma el techo en la otra planta. Probablemente una débil placa de escayola bajo tablas de madera reseca por el paso del tiempo. En efecto, el boquete que deja la sierra en las maderas descubre un espacio que suena hueco, incapaz de sostener el peso de un hombre que se deja caer desde una altura suficiente. Ata una cuerda fuerte en torno al aparador y sube sobre él. Así le encontrarán a la mañana siguiente, cuando se enciendan las luces de la planta inferior: visible solo de medio cuerpo para abajo, pendiendo del techo; de medio cuerpo para arriba, con la lengua fuera y los ojos inyectados, le hallarán en la planta superior. Poco antes de saltar, todavía tendrá tiempo de balbucir: "Así se purga mi corazón".

El informe

Excmo. Sr.

Por el presente escrito me veo en la obligación de poner en su conocimiento los hechos que a continuación detallaré, fruto de las investigaciones que he llevado a cabo durante el último año en calidad de Comisionado de la Sección de Telecomunicaciones de la Empresa Ergon —sin duda de V.E. conocida—, pionera en nuestro país en el campo de la moderna industria audiovisual.

Comoquiera que dichas investigaciones son el resultado de un informe pericial encomendado por mi empresa en relación con el sistema de importación, que yo mismo bauticé con el nombre de ALPHA POLIANDRON, adjunto le remito las conclusiones oficiales que ya obran en poder de la antedicha empresa.

No obstante, el mencionado informe no incluye pormenores que yo no dudaría en calificar cuando menos de "reservados", los cuales constituyen el objeto de mi comunicación. He creído un deber de ciudadano —al margen de imperativos estrictamente profesionales— dirigirme confidencialmente a

V.E., para exponer al criterio de su más alta competencia unos datos que por su importancia y posibles consecuencias, bien pudieran exceder el ámbito de un simple balance de trabajo.

Intentaré ser explícito siguiendo un orden lineal en el desarrollo de los acontecimientos.

***

1. Fui contratado por la empresa Ergon a finales de octubre del pasado año, por mi doble condición de titulado en Ingeniería de Telecomunicaciones y mi conocimiento del japonés, fruto de dos años de experiencia al término de mi carrera como becario en el Departamento Tecnológico Exterior, de la Facultad de Ingeniería de Tokio. Dato este último que figuraba en mi currículum, y más relevante, como supe después, que el mismo hecho de la titulación, puesto que el objetivo de la empresa era la experimentación con material de alta tecnología importado de Japón. De todo lo cual se deduce el hecho de que fuera trasladado —por medio de una oferta interesante— de mi empresa anterior, y contratado finalmente por esta.

2. Tres meses después de mi incorporación la empresa solicitó de otra empresa nipona, en fase de pruebas, el sistema audiovisual 0NW3000, cuyas características técnicas figuran en el informe anexo.

Baste decir, en síntesis, que se trata del más avanzado sistema audiovisual —aunque tal vez esta palabra no lo defina exactamente— que se ha concebido hasta el momento.

Dotado de todas las funciones que hasta ahora eran habituales en este tipo de material, 0NW3000 incorpora los resultados de la más reciente investigación tecnológica en este campo, que como es sabido de V.E. abandera desde hace años la industria nipona.

Una descripción técnica exhaustiva puede encontrarse en los anexos, si bien pudiera decirse que el elemento más innovador lo constituye una síntesis de rayo láser que permite focalizar en pantalla "ciertos aspectos singulares de la realidad" —permítame que lo exprese de esta forma— hasta ahora impensables de visualizar, entre los cuales destaca especialmente la captación de la masa energética o efecto halo que desprenden los objetos, y muy particularmente los humanos. Pero todo ello llevado a un límite de sofisticación sorprendente (por no emplear un término aún menos científico y quizá más adecuado si se tiene en cuenta lo que más adelante detallaré a V.E.).

Su precio puede dar una idea aproximada de su importancia: se acerca al millón de euros. El propósito inicial de la empresa es su comercialización a grandes entidades médicas, científicas o cinematográficas, pues en todo este tipo de ámbitos se encuentran aplicaciones concretas.

3. Recibido el producto, fui comisionado por un plazo no superior a un año para el estudio, experimentación y posterior informe pericial acerca de las posibilidades del 0NW3000.

Con un abultado presupuesto y todo tipo de facilidades laborales, comencé por un análisis a fondo de sus mecanismos internos, para seguidamente planificar un trabajo de campo que iba a durar nueve meses.

4. Durante este trabajo pude constatar en multitud de ocasiones que el dispositivo fílmico era especialmente sensible con grupos de población sometidos a cargas extremas de tensión energética, tanto física como psíquica.

Esta conclusión me llevó a acotar definitivamente los márgenes del campo, reduciéndolos en adelante a dos tipos bien definidos: deportistas y enfermos nerviosos.

Pertrechado con mi cámara (inofensiva a ojos vista, pero suscitando excesiva curiosidad otras veces, lo cual me llevó a conseguir de la empresa un falso documento de cámara televisivo que sirviera de excusa fácil para acceder sin demasiados problemas a donde quisiera; ojalá nunca hubiera sucedido —"quede entre nosotros, pero la empresa no escatimaría medios si con ello incrementa considerablemente su nivel", me dijo un Director Adjunto con cierta sorna—, puesto que de aquí a otras "irregularidades" posteriores solo había un paso), de esta manera conseguí rodar un centenar de horas en polideportivos, competiciones oficiales, hospitales, consultas de psiquiatras, etcétera.

A decir verdad, la proyección posterior reflejó en general unos resultados precarios, y de todos los individuos estudiados apenas una media docena compensaba un trabajo tan arduo. Dos deportistas, un esquizofrénico, un ama de casa depresiva y dos intelectuales, constituían todo lo que tenía en aquel momento de cierto valor.

Dicho de otro modo, en la pantalla quedaban reflejados, claramente visibles, los habituales halos de energía comunes a la mayor parte de la gente más unos pocos casos particulares, como una especie de abombamiento o hinchamiento de la masa corporal de los deportistas, que en pantalla resultaban un tanto grotescos; un efecto de desdoblamiento simétrico en el esquizofrénico, muy semejante a la distorsión visual bajo efectos etílicos extremos; una reducción de estatura en la depresiva, plegada sobre la vertical del cuerpo hasta alcanzar con los brazos la cara posterior baja de las piernas y escondida a su vez la cabeza entre ellas, en un ejercicio similar a ciertos contorsionismos gimnásticos; y finalmente, varias imágenes de movimientos anómalos con las extremidades, en el caso de los intelectuales, de entre lo que quiero destacar singularmente el desplazamiento de los brazos en uno de ellos atenazándose con las manos su propio cuello.

Quede bien claro, no obstante, que la pantalla refleja imágenes energéticas, figuras despegadas de la propia persona real, fantasmas de energía superpuestos en personas concretas; presencias de contornos imprecisos a veces, y muy nítidos en otros casos, como los que acabo de citar.

(Antes de afrontar la parte siguiente de mi comunicado, tal vez convenga un paréntesis aclaratorio que exculpe ante V.E. la línea que va tomando este discurso, consciente de que en adelante me veré aún más obligado a recurrir a ciertas "descripciones literarias" sin las cuales considero francamente imposible culminar el escrito.

La rigidez de mi mentalidad científica hace que yo, antes que ningún otro, encuentre desagradable todo este tipo de veleidades, más propias de la ciencia—ficción, pero la veracidad de los hechos, su constatación empírica, se imponen en este caso con la fuerza de un teorema).

5. Fue entonces cuando vislumbré la clave que me permitiría finalmente corroborar el enorme potencial secreto que encerraba el 0NW3000: el tiempo.

Intuí que hasta ese momento yo había operado mediante filmaciones esporádicas, rodando espacios concretos de tiempo pero sueltos, alternando el foco de atención de un individuo a otro. Había que dar una continuidad total al estudio de cada caso. Me propuse filmar cada minuto, si era posible, de cada una de las seis personas seleccionadas.

Recurrí nuevamente a la empresa y, tras reunirse el Consejo de Gestión, al cabo de una semana me comunicaron que habían dado luz verde al proyecto. Comprendí también hasta dónde podían llegar los poderosos tentáculos de la empresa, porque estábamos entrando en la segunda y definitiva vía de "irregularidades" de este infausto experimento.

Con la anuencia de la policía se consiguió, en el espacio de un mes, sembrar de dispositivos ocultos los domicilios de los personajes estudiados. De los gestores de las formalidades legales (o ilegales, puesto que no dudo que hubo multitud de sobornos y de falsas promesas a la policía sobre posible colaboración futura para casos de terrorismo o similares —"la empresa experimenta primero de forma confidencial; en lo sucesivo, nos tendrán a su disposición en lo referente a equipamientos", habría dicho sin duda el Director Adjunto), y de los expertos que ejecutaron la parte técnica del montaje, no he llegado a tener conocimiento.

En cualquier caso, de la noche a la mañana me encontré en un auténtico laboratorio de pruebas. No habían reparado en medios —alentados como estaban por unos logros que a mí se me antojaban muy parciales (los únicos, por otra parte, que conocen por el momento). Habían habilitado uno de los despachos, dentro del mismo edificio de la empresa, dedicado anteriormente a archivo. Disponía de seis pantallas simultáneas que reproducían los movimientos de cada individuo, independientemente del lugar de la casa en donde estuvieran. Al menos en cuatro de los casos estudiados —excepto con los dos deportistas— se aseguraba el casi total seguimiento de la vida diaria de cada uno de ellos. Yo hubiera deseado en aquel momento colgar una cámara de su misma persona para no perder ni uno solo de sus actos. Tal era mi furor o mi impaciencia.

De esta forma, fui almacenando durante bastante tiempo metros y metros y rollos enteros de películas grabadas, que en su visualización posterior poco o nada añadían a los resultados ya conocidos. Así, hasta hacerme perder la paciencia, un día y otro día.

A primeros de noviembre, por la fiesta de Todos los Santos, durante una sesión de proyección rutinaria, reparé sin embargo en una de las filmaciones que por corresponder al periodo de descanso, durante la noche, en otras ocasiones había pasado a cámara rápida. También ahora operaba, distraídamente, de la misma manera; pero solo la casualidad quiso que una de las pausas coincidiera milagrosamente con aquello que más tarde me haría llamar a la máquina de semejante manera, ALPHA—POLIANDRON. Me quedé paralizado y solo acerté a balbucir: ¡eureka!

6. Ante mi asombro, una de las pantallas reflejaba claramente, nítidamente, una imagen despegada de su original (aún hoy lo sigue reflejando para mi tormento, cuando paso una y otra vez este secreto ante mis ojos, guardado celosamente en espera de que V.E, tenga a bien disponer otra cosa).

Se trata de la habitación de estudio de uno de los intelectuales sometidos a prueba. Los datos referentes a la identidad de este sujeto pueden encontrarse en los anexos. Creo haber leído que se trata de un poeta. No podía creerlo pero allí estaba. Era una pura presencia energética, un fantasma independiente del hombre que yacía dormido en su cama. Liberé la pausa y contemplé el terror.

Deambuló unos instantes por la habitación, y finalmente se sentó en la mesa de trabajo atestada de libros, folios, bolígrafos, un diccionario, llaves, tabaco, un marco con la foto de una mujer rubia y esbelta —su esposa, con la que le había filmado en alguna ocasión—, un pequeño ajedrez de mano con las piezas reproduciendo una posición…

¡Santo Dios! Aquello excedía el límite de mis nervios. Pude ver su rostro, semejante en todo al que dormía. Descansó su cabeza entre las manos, con los codos apoyados en la mesa y mirando interesadamente el juego. Meditó un momento y movió una pieza. Así iba a permanecer hasta el final, al margen de lo que allí seguiría desarrollándose. Creo que comencé a llorar de miedo o de emoción.

Pasados unos minutos, otra presencia emanó de aquel monstruo (pues solo un monstruo puede albergar dentro de sí tales misterios) y esta vez pude verlo brotar trabajosamente, levantándose de su dueño, estirando los brazos como quien se despereza, para seguidamente iniciar una serie alocada de flexiones, de contorsiones violentas sobre el mismo espacio, plantado en medio de la habitación y ajeno al ajedrecista que no se inmutó, como si de alguien muy familiar se tratase. A continuación se tumbó en el suelo, sobre la alfombra central, y repitió hasta mi propio cansancio una serie de abdominales variados, perfectos de sincronización. Pensé que no iba a terminar nunca y en aquella coyuntura no me hubiese extrañado verle dividirse por la mitad, porque acercando el objetivo podía apreciarse la tensión muscular de su abdomen, el modelado arquetípico de su cuerpo irreal (o real, ya no lo sé). Tan absorto estaba en él que no vi aparecer al tercero de aquellos convidados de piedra. Cuando advertí su presencia, ya cerraba un armario donde había cogido una guitarra o tal vez la pura energía de aquel instrumento. Tomó asiento en otra de las sillas, en torno a la mesa, y sin prestar atención a los otros, se afanó en desgarrar unos acordes tan sentidos como inaudibles para mí.

A diferencia de los otros, este llevaba una larga melena sujeta por una diadema azul, que junto con una barba semipoblada le daban aspecto de bohemio. De vez en cuando levantaba la cabeza, con los ojos cerrados, pero no había duda, era el mismo y todos a un tiempo, versión distinta de un cadáver dormido. Paré la imagen y tuve la intención de telefonear a alguien —no sabía a quién—; abrí la ventana y respiré muy fuerte el aire de la noche, pero el vértigo me había anidado por dentro y no conseguí espantarlo.

Me senté de nuevo dispuesto a llegar al final. No tuve que esperar demasiado. Un nuevo ser se incorporó de repente. Era tan real, de contornos tan precisos, tan compacto en su constitución, que por un momento me creó la ilusión de ser el mismo que allí quedaba tendido, ajeno a su propio parto. Tal era la similitud que me sobresalté echándome hacia atrás en la butaca desde donde lo contemplaba. Producto mejorado, reproducción casi exacta, y sin embargo, no adoptó ningún comportamiento particular como los anteriores. Se miró en un espejo y sin más, filtrándose por la puerta, salió. Temblé ante la idea de que pudiera visitarme. Yo mismo ya no era capaz de discernir. Corrí hacia la puerta y di dos vueltas a la llave. Iluso de mí, pensé.

Esperé unos momentos mirando a todas las partes, esperando que volviera al territorio de donde había surgido. Fue en vano. La desesperanza y la inquietud me invadieron. "No puede ser —me dije—, no pueden tocarme".

Recogido sobre la butaca, con las piernas plegadas sobre ella y abrazadas, me hundí en mi propio abatimiento. Absorto en la pantalla, como un loco, asistí ya indiferente a una última escena. Otro ente delgado, incluso escuálido, se incorporó. Tenía la cara alargada pero era el mismo. Pausadamente, se dirigió a un extremo de la estancia. Se hincó de rodillas y juntó las manos en actitud de rezar. Acerté todavía a enfocar un primer plano y era tal la tristeza de su cara que exhalaba un fervor casi místico.

Yo había dejado de mirar. Inmóvil hasta la laxitud, sentí frío. Comprendí entonces que se levantaba la mañana. Un hilo de luz atravesaba el diminuto intersticio que había escapado a la presión implacable de la persiana. En un reloj lejano sonaron imprecisas varias campanadas.

Como si se hubiesen puesto de acuerdo, inesperadamente, los vi ya sin demasiado interés desfilar por la pantalla. Dejando su actividad se dirigieron hacia el lecho y se disolvieron en el hombre, se enterraron en él.

El hombre tosió varias veces y se removió entre las sábanas. "¿Qué puedo esperar ahora? —me consolé—. He estado soñando". Me quedé mirando al vacío, sin pensar en nada. Y entonces vi entrar de nuevo al fugitivo tomando de la mano a una mujer desconocida —o al menos no era la del portarretratos. Llegaba jovial, rodeándola con los brazos y levantándola en el aire. Reían. Se pararon en medio de la habitación y abarcándole la cara entre sus manos la besó despacio y con dulzura.

Un pequeño golpe de viento batió contra las persianas. Se quedaron mirando a la ventana, adivinando quizá la gran masa de luz que llamaba desde el día. Volvieron a mirarse y en un instante, arrastrándola tras de sí por el brazo, aquel espectro quiso fundirse con el que dormía.

Súbitamente el hombre tendido extendió los brazos y le rechazó. Forcejearon. El hombre abrió los ojos. Esto fue lo último que ambos vimos: dos presencias alejándose hacia el exterior. Se cubrían con las manos las vergüenzas. Se dieron cuenta de que estaban desnudos.

***

Concluido el relato de los acontecimientos, quedo enteramente a disposición de V.E., tanto en lo referente a posibles responsabilidades penales derivadas de los hechos delictivos ya mencionados, como en lo relativo a la disposición y el uso de este documento que ahora le entrego en calidad de último responsable y máximo fiador.

Todo lo cual comunico a V.E. para su conocimiento y efectos oportunos.

FECHA Y FIRMA

El único lugar posible

Ahora sí que podían irse todos a tomar por el culo. El primero, el hijoputa de López, que le había hecho la vida imposible durante los últimos veinte años con sus manías de lameculos, haciéndole trabajar como un negro todos los días para tener la labor a puntito cuando llegase el Gerente. Manías de trepa, sí señor, que se tenía que haber visto la cara de tonto que tenía el día que entró en la empresa, que no tenía ni dónde caerse muerto. Parecía que le daba gusto al cabrón plantarle todos los jueves y viernes las hojas de balances, ahí va eso, dicho así, como con retintín, ¡bien sabía él lo que aquello significaba!: estar como un pringado todo el viernes hasta las tantas, e incluso algunos sábados por la mañana. Claro que eso a López qué más le daba; él estaría en su camita, bien calentito, entre las grasas de la foca, arrimándole el bigote, un bigote contra otro bigote. ¡Que se jodiera!, que valían más los polvos que había echado él por ahí a cuatro putas que todo lo que había jodido López en su vida. ¡Quién le vería, allí, con la foca, trasudando, enchufándosela entre los muslos, porque más allá no llegaría, seguro, con tanto momio en medio! Y además, qué cojones, si no sabía, si era un patoso; a esa había que jodérsela de sentada y vuelta, así, cariño, métetelo tú solita, así, menéate un poquitín. Sí, señor, se iba a hacer una paja y se iba a joder a la mujer de López, por todo el morro…

Ah, y a la noche se iba a hacer otra a la salud de Marta, la administrativa, que había estado paseándole las cachas por delante de las narices diez años seguidos, siempre con aquella falda ajustada, marcando los jamones bien marcados. ¡Qué lástima de conejo más desaprovechado! El arroz lo ponía él, blanco, bien pasadito. Siempre picándole, la puta de ella, con comentarios guarrones, haciéndole pasar vergüenza y ridículo delante de los demás de la oficina. ¡Y luego dicen que acoso sexual…! Lo cojonudo fue el día que se presentó sin sujetador. Ya se percató él enseguida por el baile que llevaba de tetas, allí plantada delante de su escritorio, medio vuelta atendiendo a lo que le decía Peláez, y él espiándola sin perder ojo el botón desabrochado, toda la raja y una teta casi entera. ¡Se la tuvo que menear en el servicio porque no aguantaba llegar a casa! Si es que se pasa uno toda la puta vida controlando, y total, para qué, para que le paguen cuatro míseras perras, y hasta luego y si te he visto no me acuerdo. Por las ganas, cuántas veces se hubiese liado a hostias con toda la oficina, ¡hala, a discreción!, toma, toma y toma, y a ti también, toma, ¿por qué?, porque me sale de los cojones, hombre. Y ahora me cago en la madre que os parió a todos, y en la oficina, y encima de la mesa del señor Presidente, ¡hala!

***

Se metió en el baño y abrió el grifo de la bañera manejando las dos llaves, templando el agua a su gusto. Cuando consiguió la temperatura adecuada, se desnudó y se metió bajo la ducha, resoplando, pasándose las manos cruzadas por los brazos, balanceándose para que el agua le cayera primero por el pecho y luego por la espalda. ¡Bueno, bueno, bueno! ¿Y qué iba a hacer él ahora, jubilado? ¿Adónde iba a ir? Hombre, había sido ahorrador, para vivir tenía… La jubilación también le llega al cuerpo, pensó. Se miró las piernas blanquecinas y la curva de la barriga, los brazos velludos. La verdad era que él se encontraba estupendamente, como un chaval, vamos. Si se hubiera casado, ahora tendría con quién pasar el tiempo y hasta a lo mejor sacaría a pasear a los nietos, abuelito, cómprame un helado, abuelito, este año quiero que los Reyes me echen en tu casa una bici de carrera, ¡joder con los críos!, él se tuvo que conformar con el garañón que le hizo de madera su padre, Rabileño, se llamaba, a ver, no había otra manera entonces, Rabileño, le insistía su padre y se reía a carcajadas sin que él pudiera entenderlo, Rabileño, como el de un cuento que nos leía el maestro, le decía su padre.

Claro, eran otros tiempos y no había posibilidades. Porque él habría valido para los estudios. Aquí el chico ya no hace nada, ponle a trabajar, le dijo don Quirino a su padre. ¡A ver qué iba a hacer si no! Pero tenía él una letra redondita, tirada… bueno, que en caligrafía no había quién le metiese mano. Además, que siempre le había gustado mucho escribir y a poco que lo hubiese cursado habría escrito él solo un libro entero, con puntos y comas, como el que le decía su padre que les leía el maestro sobre el caballo Rabileño.

Aunque lo que había aprendido en la escuela le había servido después, eso sí, porque de no haber sido por la caligrafía no habría entrado nunca en la oficina. Entonces eso se valoraba. A ver, ponga ahí: ahí hay un hombre que dice ¡ay!, ¡bien sabido se lo tenía él, que lo había practicado mil veces con don Quirino!

El agua le caía desde hacía rato, machaconamente, como un manotazo sobre la nuca, produciéndole una sensación desagradable. Se volvió hacia la pared, de donde procedía el chorro de lluvia, y dejó que el agua le diese en el pecho y rebotase contra el azulejado recién cambiado del baño.

Ha quedado bien, pensó. Le da más luz y sobre todo un aire más alegre. En ese momento se fijó en el motivo que tenía enfrente. Hasta entonces no había reparado en él. Ocupaba seis azulejos y representaba un pueblo al fondo, con la torre de la iglesia sobresaliendo por encima de las casas; en primer plano, enmarcando el conjunto, había dos grandes chopos y un arroyo en diagonal que fluía entre ellos; una valla de maderos cruzados separaba los dos planos. Arriba, un cielo despejado, purísimo, dejaba ver apenas unas nubes azuladas y regordetas.

Vertió el gel de baño sobre la esponja y procedió a enjabonarse, pero ya no podía apartar la mirada del paisaje. Las gotas de agua estallaban temblando contra los azulejos y trazaban, como en una ventana, su garabato descendente y nervioso. Acercó la cabeza y aguzando la vista percibió un rasgo en lo alto del paisaje que lo mismo podía ser un defecto del azulejo que un pájaro, una tórtola quizás. No sabía por qué pero de ser un pájaro tenía que ser una tórtola. Una gota resbaló en ese momento y se quedó colgada apenas un instante sobre el pájaro o la tórtola y tembló…

***

—Padre, mira, es un pájaro; tiene una pata herida.

—No es un pájaro, es una tórtola —le dijo su padre.

La metieron en el fondo de las alforjas tapándola con un chaleco, haciendo un poco de hueco para que pudiera respirar, y cogieron el camino de las viñas hacia casa. Era una tarde clara, inundada de luz. A lo lejos se veía descollar la torre de la iglesia. Él iba al trotecillo, al lado de su padre, y pensaba en lo bien que se estaba así, siempre bajo la sombra protectora de aquel labrador robliz, defendido por aquellos brazos velludos y fuertes como mazas.

Cuando llegaron a casa su madre preparaba la cena en el hogar. Olía a sopas de ajo, qué gusto, bien calentitas, churruscadas y pegadas al fondo de la cazuela, que era lo que más le gustaba. Mientras se disponían a cenar, su padre le dijo que iba a curar a la tórtola.

—Ven, vamos a entablillar la pata.

—No se morirá, ¿verdad, padre? —le preguntó él.

—No se morirá.

Luego la metieron en una jaula donde alguna vez tuvieron perdices y allí la dejaron bien arregladita hasta que se pusiera buena y pudiera volar.

—Cuando se ponga bien la soltaremos en el campo, ¿verdad, padre?

—La soltaremos.

Después de cenar su madre le llevó a la cama y le hizo rezar como todas las noches aquello de "con Dios me acuesto, con Dios me levanto…". Cuando su madre salió de la habitación, él se quedó mirando a la ventana. La claridad de la luna me deslizaba entre los pliegues de la persiana. Se le ocurrió un cuento sobre un niño y una tórtola, y se durmió pensando en ello.

Al día siguiente, durante la comida, su padre le dijo que había comentado en la calle lo del pájaro y que don Urbano, el boticario, se lo había pedido para llevarlo a la ciudad, donde vivía y regresaba cada tarde: un regalillo para sus hijos. Incluso se lo pagaba.

—¿Y tú que le has dicho, padre? —preguntó él sobresaltado, como un tiro.

Su padre se quedó pensativo. Luego le miró, sonrió y le dijo:

—Que los pájaros son del campo.

Tuvieron la tórtola durante todo el verano y luego, una mañana de septiembre, su padre le dijo que la echase a volar…

***

Hacía unos días que los vecinos no lo veían. Era un hombre de costumbres fijas. Sabían que vivía solo y que hacía poco que se había jubilado. No le conocían parientes ni allegados. Se intranquilizaron. Por fin, la vecina de enfrente se decidió; pegó la oreja a su puerta y creyó percibir un murmullo como de agua cayendo. Llamaron a la Guardia Civil y forzaron la puerta. Todo estaba en orden. Encontraron la ducha abierta. No lo encontraron a él. No se fijaron en una gota de agua colgando con un temblor de un rasgo minúsculo, como un pájaro o una tórtola que coronaba un paisaje campestre, y que aquel era el único lugar posible donde podía estar.

El viajero de la bolsa roja

Nos encontramos en los andenes con Lucía, su marido y sus dos hijos. El niño es una preciosidad, rubio, con unos ojazos azules como aguasmarinas, tan formalote como su padre... ¡Desde luego, qué suerte ha tenido Lucía! Creo que además es listísimo. Me contó Juana que había oído decir a su señorita del cole que está a años luz de los demás niños de su clase. ¡Y luego, lo bien que le pone Luci! Desde luego, es que la ropa lo es todo. Y encima, si eres guapo, mucho mejor todavía. ¡Monísimo, para comérselo! Tiene nueve años. La niña tiene cuatro, es más del montón.

Además, creo que el marido, Gerardo, es un cielo. Es un hombre formal, muy educado; no es de esos de amigotes ni de alternar por ahí, ¡qué va!, creo que es muy casero, y desde luego se dedica en cuerpo y alma a los niños; todo lo más, algunos domingos, según nos contó Luci en la Academia, sale por las mañanas a jugar con su peña al fútbol. ¡Encima se conserva en forma, hija, porque la verdad es que está para hacerle un favor! ¡Mira, le había puesto Luci una cazadora de cuero, de esas que no pasan nunca de moda, que estaba guapísimo! ¡Con esas gafas que le dan un aspecto tan intelectual, tan serio! Desde luego, chica, ¡qué suerte tienen algunas!

Estaban esperando el Talgo. Habían subido a la estación para acompañar a un amigo de Gerardo. La verdad, no sé lo que habrá visto Gerardo en él. Del agua al vino. Tiene pinta de pesado y de raro. Llevaba una bolsa grande de viaje, roja, hinchada, como si trasladase todas sus cosas en ella. Vestir no viste mal, pero tampoco es para tanto lo que nos contaba Luci en la Academia; eso de que era muy simpático y muy descarado, y no sé cuántas cosas más… Si acaso los ojos y el pelo es lo único que tiene pasable, porque en lo demás es hasta corriente, feo, en una palabra. Como no sea lo de que escribe poemas, otra cosa no veo yo que… En fin, será eso. Lo de descarado sí que se lo creo, porque enseguida metió él baza en la conversación con bromas y tonterías que no venían a cuento. Y la boba de Juana siguiéndole las risitas. ¡Cómo se me ocurriría pedirle que me acercase a la estación! Pero el viaje me había surgido de pronto y no tenía más combinación que esta.

Si es que hasta se le nota en la forma de mirarla a una. Es de esos que te suplican con la mirada, después tratan de alucinarte con su rollo y terminan dándote una paliza soberana. Un pesado. Cuando no te miran con una sonrisilla picante… que no sé yo, no sé… Porque, modestia aparte, una no está mal. Tampoco es que tenga ahora los dieciocho, pero… en fin… Y me conozco mucho a los tíos, sobre todo a estos que miran así. Y no he estado yo cuidándome el cutis media vida, para que ahora se me acerque cualquier pesado y crea que lo va a tener fácil, sin más ni más.

¡Vaya! La megafonía anuncia la llegada del Talgo. ¡Ya era hora, porque nos estábamos quedando helados! En la tele han dicho que en la meseta estaba nevando y era de esperar que a mitad de camino nos la encontrásemos; si es que está haciendo los días más fríos de todo el invierno…

—Bueno, nenes, adiós, ¿eh?

—¡Adiós, hasta luego!

Y digo yo: a este pesado me lo saco de encima como sea:

—¡Bueno, que tengas buen viaje!

—¡Hasta luego!

***

¡Cómo va el tren! A ver si me acomodo en uno de los pocos asientos libres. La gente no se arriesga a viajar por carretera en días como estos. La verdad es que el Talgo es un tren confortable; sale un poco más caro, pero merece la pena. El tranvía es un tren de pobres, y ¡qué caramba!, para algo trabaja una. Mejor saco una revista del bolso de viaje, por si me apetece leer un poco más adelante. Este traqueteo suave, no sé, no sé… Me está entrando el sueño. ¡Qué calorcito!

Hija, esta Luci siempre tan quisquillosa, que si ya nos contarás lo que dicen en el cursillo, que si ya nos darás una charla sobre lo que aprendas allí, ¡concho, moléstate tú, que yo también tengo que moverme lo mío! Esta es de las que lo quieren saber todo. ¿Sabes lo que te digo? Que a mí me ha costado mucho estar donde estoy, ¿vale? Pues eso, a jorobarse. Estaría bueno que después de estar metiendo yo horas como una loca, venga cualquier niña mona y quiera saberlo todo. ¡No, hija! Si quieres aprender, ponte por tu cuenta, y si te vas a pique, pues te aguantas. ¡No te digo!

Reconozco, eso sí, que es una muchacha trabajadora, pero de ahí a creérselo va un trecho. Que las demás no somos mancas y también hemos tenido su edad. Y no es por nada, pero para ella quisiera los veinticinco que tuve yo, que estaba hecha un pimpollo. Tenía yo unos muslos y unas carnes de prietas… que daba gusto mirarme. Que pregunte a alguna de mis amigas… Los años no perdonan, eso es indudable, pero todavía hoy no me faltaría quién se me arrimase… El pelma de antes, sin ir más lejos, que me estaba comiendo con los ojos, eso se nota. Claro que una tiene ya mucho vuelo y no se deja embaucar.

¿Y este qué hace ahora con la puerta del vagón abierta? ¡Viene derecho a mí…! ¡Qué bochorno, por Dios! Joven, rubio, aspecto ordinario…

—Perdone, señora, este sitio está reservado.

—Ay, lo siento ¿eh? Perdone.

—Nada. No se preocupe.

Me tendré que levantar, ¡que nervios, hija mía! ¿Y ahora qué hago? A buscar otro vagón. El caso es que va todo de bote en bote. ¿Qué hago? Hala, venga, coge el bolso y camina hacia la parte delantera del tren. ¡Qué asco, hija! Estos de Renfe es que lo tienen todo manga por hombro. ¡Qué desorganización! Bueno, salgo al compartimento entre un vagón y otro, y miro desde allí a ver si localizo algún asiento sin ocupar. ¡Ninguno! ¡Y no voy a ir así todo el trayecto, que son tres horas y media! Me decido por fin a ir buscando en el sentido de la marcha del tren. Por lo menos no estoy tan expuesta a las miradas de todo el mundo. Abro la puerta de un nuevo vagón, y lo mismo. Todo ocupado. ¡Bueno! Paciencia. Sigo adelante. Abro una nueva puerta y, apenas la he empujado tras de mí con un movimiento enérgico, cuando descubro, ¡horror!, al pesado de la bolsa roja, leyendo, sentado en el último asiento del vagón, a mi izquierda, junto a la ventana. ¡No me ha visto! ¡Adelante, adelante, como sea! Al fin veo uno libre y pregunto, pero me contestan que también está ocupado. ¡Mierda! Siento tanta rabia que me están entrando ganas de llorar… Por fin pasa lo que tenía que pasar. Me ha visto y me sisea. ¡Ya no hay remedio! ¡A ver cómo me las arreglo ahora!

***

—¡Hola! ¡Nada, hijo, que no hay ni un solo asiento libre!

—Siéntese aquí, que yo voy a bajar enseguida —se levanta con decisión y acomoda nerviosamente la bolsa roja al lado del asiento, en el pasillo.

—Esto sí que tiene gracia, ¿eh?

—Son días en que viaja mucha gente —me dice, mientras le veo sacar su tabaco haciendo ademán de salir al pasillo.

—Bueno, voy a fumar ahí fuera —dice, con una expresión indicadora de llevar mucho tiempo sin encender un pitillo.

La verdad es que ha estado bien el detalle, hay que reconocerlo. Se ha portado como un caballero. Por lo menos descanso un rato, que tengo los pies que parece que no son míos. Sí, ha estado bien el detalle. ¡Menos mal que me ha dicho que se baja pronto! De paso, me quedo ya en este sitio; si a él no le ha hecho levantarse el revisor, es que no está reservado. ¡Muy bien el detalle!

Ay, hija, pero que no se crea que por eso ya tiene derecho a tomarse confianzas. ¡De eso nada! En cuanto venga, le digo que si quiere sentarse un poco y si dice que sí, pues nada, me voy al pasillo un rato, que por eso no se me caen los anillos. Ah, y de ir a la cafetería, naranjas de la china, que luego, con la disculpa de que te quiere invitar, tienes que aguantarle toda la tarde. De eso nada. ¡Cuánto tiempo para fumar un cigarro! Bueno, mejor. Me voy a quitar la chaqueta que hace calor aquí y luego vienen los catarros. Así. Esta camisa es una monada, me sienta de bien… Un botón… Bueno, dos… No creo yo que por eso… ¡Cómo tarda! ¡Mejor!

Huy, aquí cómo nieva. No, si ya lo decía la tele. Me encanta la nieve, pero es un fastidio, chica. ¡Qué nevada! Desde luego, es que el paisaje nevado es precioso. ¿Dónde se habrá metido este pesado?

Anda, si ya estamos llegando a… A lo mejor se baja aquí mismo… No me acuerdo dónde dijo que iba.

Esto parece que va parando poco a poco, y a través de la ventanilla, mira qué bien, unos operarios apartando la nieve en montones para dejar accesible la bajada. ¡Vaya! Ya retoma la marcha. ¿Se habrá bajado? Voy a salir un momento al pasillo y si está, le digo que se siente un poco. A fin de cuentas, el asiento es suyo, qué conchos, y tampoco hay que ser egoístas. Aunque no creo que esté…

Vale, salgo. Y ahí esta él mirando por la ventanilla redonda de la puerta, un poco agachado, con aspecto muy serio.

—¿Quieres sentarte un poco?

—No, no, tranquila, siéntese usted. Si yo voy a bajar ahora mismo…

Vuelvo al vagón. La verdad, a un tipo como este no sé qué decirle. Le he pillado como despistado. No sé. Qué raro. Bueno, y a mí qué me importa. Yo a lo mío. Si no quiere sentarse, más tonto es él.

Hija, con estas bolsas da gusto. Cuando tenga oportunidad voy a comprar una igual. Rojo. Este color está bien. Un poco fuerte. ¿Eso qué será? ¿Un llavero? No, parece un adorno. ¡Mira que se hacen cosas raras ahora! Una cadenita con un pie. Parece de espuma. Pero queda gracioso. Pues no parece él tan moderno como para llevar esto. No, no voy a tocarlo, no sea que entre en este momento… Me muero de vergüenza. ¡Qué llevará en la bolsa! Total, para un fin de semana. Pues la lleva a tope. Y aquí tiene que caber lo suyo. ¿Qué pone ahí? Este ha dejado el libro encima para dárselas de listillo. Como si las demás fuésemos tontas, no te digo. Claro, que yo no tengo muchas cosas de qué hablar con él. ¿Y si le da por hablar de asuntos intelectuales? No me extrañaría nada. Si es que este tipo de gente no se da cuenta de que el tren no es el sitio más apropiado para hablar de ciertas cosas. ¿Y si toco un poquito la bolsa con el pie? A ver si es sólido… Así… No, está blando. Bueno, no seas fisgona.

¡Qué extraño! Me ha mirado con unos ojos enigmáticos, cuando he salido a decirle que si quería sentarse. Como llorosos. No, no era como me había parecido al principio su mirada. Reconozco que ahora tenía la mirada limpia, eso es, limpia como nieve. Los tenía casi rasgados de mirar la nieve, estaba como evadido. Huy, también yo, qué bobona me estoy poniendo. ¿Cómo los tenía? ¿Claros? A los de ojos claros les ciega la luz, les molesta mucho, es verdad.

Vaya, ahora les da a estos de al lado por el palique. Si es que son… Primero les da por dormir, que no he podido ni estirar las piernas de lo echado hacia atrás que tenían el asiento, y ahora de palique. ¿Qué dicen de corzos? A ver…

—Hasta aquí mismo bajan, hasta la vía.

—Esos buscan el pasto.

—¡A ver! El otro día mató el tren a uno, según dijeron. Vino después en el periódico. Debía de ser una corza grandísima.

—El pasto y el agua de todos estos regatos de por aquí.

¡Vaya conversación! Desde luego que para hablar de todas estas tonterías, mejor es estarse una callada. ¡Qué tonta! ¡Cómo no había caído antes! ¡Claro, por eso será! Como le dije que buen viaje y le di largas, ahora no quiere acercarse. ¡Pues tampoco es para tanto! ¡Pues para orgullosa yo! La verdad es que no sé por qué me ha cedido el asiento. Eso sí, reconozco que ahí se ha portado como un caballero… Aunque ahora no quiera hacerme aprecio.

Bueno, a lo mejor es que me lo ha cedido por Luci y Gerardo. Al ser amigos comunes… Pero él, mírale, no ha dado su brazo a torcer. También yo… es que algunas veces me paso de precavida, ¿eh? Mira que me ha sucedido antes otras veces… Que no, que la gente no es lo que parece, pero también para lo bueno. ¡Pobre! Y hasta se habrá quedado fuera pensando en no molestarme. ¡Qué vergüenza! Luego tengo que mostrarme más agradable, caramba. Tampoco cuesta tanto. Tiene que entrar por lo menos a recoger la bolsa. Dar las gracias y sonreírle no cuesta tanto. Es cierto, tiene cara de bueno. Y está delgadito. A mí me han gustado siempre los hombres delgados. Ay, cómo me acuerdo. Tendría yo unos catorce años. ¡Qué gamberro! También estaba delgadísimo. Me leía poesías, pero en cuanto me descuidé, me levantó las faldas y me restregó las braguitas con un puñado de nieve… ¡Gamberro!

¡Qué bobadas piensa una! ¡Si es que la cabeza! Voy a fisgonear el libro, a ver cuál es. No creo que le moleste. Además, para que vea que le demuestro alguna confianza... ¡Ya estamos llegando! ¿Qué estación es esta? A ver… "El bosque de la noche". ¡Qué título! Por aquí… ¿Qué pone…? "Cuesta mucho divulgar el nombre de la belleza". ¡Jo, pues como todo el libro sea así…! Ah, ya está aquí… Deja, deja el libro sobre la bolsa roja… Claro, se baja en esta…

—Bueno…

—Que tenga buen viaje —me dice; ¡qué seco!

Y le sonrío ligeramente, torpemente, mientras toma la bolsa roja y sale. Ni siquiera me ha mirado…

El amigo de Cervantes
y el mal de luna

Tirado en la yacija, con la sola compaña del candil y un cuenco de agua, espero la muerte. Otra vez me tomó el mal lunar. Será la última. Hasta aquí me han traído mis muchos pecados y otras enfermedades del alma, como la ponzoñosa incontinencia. Nada me hará sanar ya, y más me aprovechan los sermones de la adivinadora que los emplastos y los dos pares de sanguijuelas del físico judío que mandaron llamar. "La medicina es ciencia precisa —me quiso dar aliento—; primero se han de determinar los efectos, y de ahí llegar a las causas". Pero después de las primeras curas infructuosas, cuando le di cuento de mis muchas penalidades no solo del cuerpo sino del espíritu, se le demudó la color y salió huyendo como untado con manteca de cerdo. "Señor monstruo —me dijo—, todos esos sudores y calor desacostumbrados, y picazón y aguijonazos y cosquilleos, son por dentro que no por fuera. Mire usted quién se los alivie, más con doctrina que con ungüentos".

Solo mi madre Paca sigue asistiéndome por las mañanas. De niño me tomó afición, bien porque fue un mandado de mi madre natural, o bien por la buena disposición que siempre tuve hacia ella, sabedor yo de que era mi única forma de sustentamiento en el mundo.

A ella le debo el cobijo y la hogaza de pan, pues siendo yo de tan poco provecho para otras cosas, todo esto me lo dio por el solo oficio de mandadero y cuatro trabajillos de costura en los que descosí el jubón con el filo a varios guapos a los que no vi la cara, ya que lo hice por la espalda y embozado en las sombras de la noche.

A ella también le debo el vicio por las hembras, que de nuestros mayores todo lo heredamos, lo bueno y lo menos bueno. En su misma casa me hice putañero, pues no hay buena enseñanza en decir que el vino se ha de tomar fresco en casa donde ves a toda hora la botija aposentada junto al hogar.

"Siete coimas y un angélico me ha dado Dios en pensión para atravesar este valle de lágrimas", solía decir mi madre Paca algunas noches y se reía, después de yantar, cuando el caldillo ya le había recalentado el pellejo.

"Blasa —dijo otra noche—, por el mirar se me parece que el mancebico va necesitando desahogo".

Y luego, dirigiéndose a mí, entre las risotadas de las coimas:

—¿Qué? ¿No se te abulta la daga bajo el calzón, golilla?

—Sí, tía, dije yo como manso, sin poder quitar ojo de la coima, que se levantó del asiento y me tomó de la mano, como a infante que llevan por primera vez a la escuela.

La Blasa era moza mollar de carnes, burgalesa. No se anduvo con remilgos. Se quitó el corpiño y soltó unas tetas enormes, de pezones largos como flores de canela.

—Ven aquí, mi hijo —me llamó—. Desde ahora no probarás mejor confite.

Una eternidad se me hizo mientras estuve baboseándola hasta atragantarme. Luego comprendió que mi calentura no quería más demora, y abriéndose de ancas me ajustó y me metió dentro de ella, y di cuatro pataletas y dos espasmos y me quedé escurrido como estopa de fregar suelos.

***

Siendo ya mancebo cumplido y viendo mi mucho vicio por las hembras, la madre me lo decía algunas veces: "Golilla, Dios te libre de ayuntamiento con mujer lunada". Yo desoía sus sermones, pues la juventud es imprudente y la muy grande codicia de la carne me cegaba.

En poco tiempo todas las coimas de la casa fueron graduándome de bachiller en estas letras, que otras no tuve, y era tanta la afición que ponía en ello que algunas me pedían lección después de habérmela enseñado. Y tanto era así que la Blasa, no sé si por aquello de que el primer maestro es el de más largo recordatorio, recibió de mí tanta gramática y tantos latines que más no hubiera sabido el mismo obispo de Roma.

Cuando la casa se me hizo campo pequeño para justas que yo deseaba mayores, comencé las excursiones por calles y posadas, por plazas y arrabales, y en fin por todo territorio donde mi instinto husmease un afufarse de faldas.

Por carnestolendas de aquel año de Nuestro Señor comenzaron mis desdichas. No habiendo encontrado otro asunto mejor, me hice forrar por las coimas de pajas de carrizo, a modo de haz o panoja, sujeto por cordeles alrededor del cuerpo con mucho enojo por mi parte (pues el atuendo lo era) y con las risas de ellas, que remataron dándome de tizne por toda la cara.

Con esta provisión me acerqué a la Plaza del Caño, donde había escuchado que habría festejo y quemarían un pelele. Y antes de llegar allí ya pude colegir que era verdad, pues se oía gran algarabía de gente, y músicas de bombos y zanfoñas y carracas y rabeles.

Vista la hoguera que habían hecho a un lado del pilón por que no hubiera lugar a incendio, enderecé hacia la gente que allí se apilaba, y no bien hube engordado el círculo cuando ya me vi prisionero de unos ojos, como si en corro de brujas hubiera entrado.

Mismamente a pocos pasos de donde yo estaba, vestida a manera de demonio, danzaba y daba grandes manotadas una muy joven zagalilla, que más alegría no había visto yo en toda mi vida. Me acerqué pasito hasta donde ella rondaba y le dije al oído:

—Señora, aunque figuréis de diabla, se me hace que guardáis un ángel por dentro.

—Vaya el señor cosecha a requebrar a otra parte —me contestó.

—En este tengo yo sembrada toda mi dicha —dije de nuevo.

—Y ahí tengo yo a mi amo y señor padre —añadió ella, señalando a un gañán tan lucido de pescuezo y de brazos que al propio diablo hubiera puesto en fuga.

Nunca fui amigo de querellas que no me prometieran la mejor parte, así que decidí salirme del encantamiento y vigilar a mi enemigo desde otro lugar.

Desde que me hube apartado de su lado, la zagala no dejó de mirarme, además de estallar en risas y otras lindezas, con lo que me dije: "Apréndelo, pecador, que en las mujeres está decir un no la primera vez; y ello es buena señal".

Después de quemado el pelele, me pareció más prudente retrasar para mejor ocasión la conquista, no me fueran a salpicar algunas brasillas de aquella hoguera vestido como iba de la misma guisa que el monigote.

Y fue que esa misma noche no pude tomar el sueño, y me tomó a mí tal calentura y tal desazón por todo el cuerpo que me lo dejó lacerado durante los días venideros, con abundancia de ahogos y escozores en la piel, y prolongados delirios en los que se me confundía el orden natural de las cosas; preso de un sudor maligno, trabucadas las imágenes a su albedrío, pues ora veía la cara de mi madre verdadera en un retrato que mi otra madre, la putativa, me había enseñado, ora se aparecía el rostro de la zagala en aquel mismo cuadro y lugar.

Así perdido para el mundo, que ni fuerza en la voz me quedaba, quiso la misericordia de Dios que mi madre Paca se llegara hasta mi covacha, y viéndome en semejante estado se demudó toda entera, preguntándome por extenso qué mal me aquejaba y qué pecado había cometido que en tan severo purgatorio me hallaba aherrojado.

Yo, con el poco aliento que me restaba, le di cuenta de mis congojas, principalmente de mis sueños y fantasías, sin olvidar un punto de los episodios acaecidos en la Plaza del Caño.

—Ay, pobretico —me dijo finalmente—, no tuviera yo este oficio de adivinadora para no ver llegar día tan aciago. Que se me parece que tendré que contarte lo que nunca hubiera querido y siempre malicié. Pero deja, deja que primero te apreste de aquí cerca un remedio que si no te sanará al menos aliviará en algo tu agonía. Y que Dios me castigue por el pecado que sin duda te incitaré a cometer.

Dicho esto, salió mi madre Paca para tornar al cabo con una colodra que me dio a beber, con mezcla de brebaje preparado por su mano, que maldita sea por el poco sabor de leche que aquello guardaba y el mucho de verdura y de hierbajos añadidos.

Luego que hube quedado más tranquilo, más por la confianza que tenía en mi madre que por el efecto de la pócima, ella se puso a platicar. ¡Nunca Dios lo hubiera permitido!

—Sabe, pecador, —me dijo— que te ha tomado el mal lunar. Por esa desazón y ese picor y principalmente por ese desvanecimiento de la voz lo sé. Muy común parecido guarda con las fiebres que llaman tercianas, pero su sustancia es otra. Ningún remedio existe para el mal de luna.

—¿Me moriré, madre? —la interrumpí sollozando.

—Escucha —siguió ella— y aprende lo que te conviene hacer. ¿No has oído hablar de esos hombres que llaman lobimanos? Pues algo parecido se da entre las hembras. Algunas de ellas son lunadas y sus efectos muy dañinos. Son de naturaleza hermosa y se sabe de ellas que están mojadas del rocío del sauce a la hora en que canta el pájaro que dicen cuclillo. Son mujeres posesas de la luna, que entre los antiguos fue el primer dios. Si topas con su mirada, te aojan.

Te vuelvo a decir que ningún remedio tiene este mal. Porque si te ayuntas permanentemente con la que es causa de tu desdicha, tendrás una muerte demorada y con grandes padecimientos; y si por el contrario te alejas de ella, el veneno alojado en tu memoria te llevará a la muerte por el sufrimiento de la melancolía.

Y ahora pon atención a las palabras de esta adivinadora. Ningún remedio, dije antes, refiriéndome a los de uso conocido. Pero la nigromántica ciencia, en la que mis muchos años me han adiestrado, tiene recetas aprendidas más del Diablo que de Dios. Vivirás, pero aquí tienes el secreto: tendrás que matar a la aojadora. Beberás su sangre caliente y a los tres días tu garganta recobrará el tino. Pasado un tiempo, todo tu cuerpo tornará a su ser y estarás limpio.

Para ello aquí tienes el ungüento que te servirá para dormir a tu enemiga. Sé valiente, golilla, y cuando ceda la fiebre, haz lo que te cumple.

Y se marchó. Y así lo hice. ¡Dios me perdone!, pues fue el mucho miedo a la muerte el que me obligó a ello. No quiero recordar más por extenso en este cuento las circunstancias de aquel primer desafuero, y no diré otra cosa, sino que aún ahora, cuando espero la muerte como el justiprecio a mis desatinos pasados, a ratos se me revuelve en las mientes la figurilla de aquella zagaleja ajena al mal que yo le hacía, con el botón del pecho rebanado y yo mismo mamándole su sangre hasta quedar ahíto, como lobo carnicero.

***

—Tu padre fue de origen linajudo —me ha contado esta mañana la madre Paca—. Te lo digo para que no olvides ponerlo en ese cuento que sé que vas escribiendo con no sé qué propósitos, y del que te he visto más de doce pliegos, todos ellos muy por derecho y con sus letras cumplidas. En esto sales a él, que tuvo muy grande afición a los saberes, y es cosa que siempre tuve por buena si no fuera porque no son estos tiempos para leídos ni escribidos.

Quiso Dios que se llegara hasta mi casa, que entonces lo era en Tenerías, por mor de unas pinturas que andaba imaginando para las que necesitaba figura de mujer, cuando reparó en tu madre, venida a la sazón de riberas de la Esgueva, con un talle tan lindico que tu padre se prendó y se enceló y se le desbocó el corazón.

Ella, primero por agradarle, luego por servirle, y al final por adorarle, se dejó pintar de muy muchas maneras, lo cual puedes haber visto en el retrato que ha tiempo que te enseñé, pues otros no tenemos por haberlos mercado la familia de él, y a lo que sospecho, para su quema o destrucción completa. Lo cierto es —sábetelo, golilla— que nunca se habrá visto palomos que más se arrullasen, ni amantes de la antigüedad que más pasión se hubiesen tenido, pues en la justicia de Dios ni ella fue su barragana ni él la tuvo como tal, sin más trato con otras que el que con ella tenía, y del que tú eres el fruto y la muestra.

Así las cosas, habiéndose quedado tu madre preñada de ti, quiso tu padre poner fin a su vida pasada llevándola con él, y comenzaron los pleitos de esa que con razón dicen negra honra, y le torcieron la voluntad y le enajenaron el sentimiento, sacándole de esta villa y encerrándole en no sé dónde.

Tu madre te parió a pocos meses de aquello, y para mí tengo que se la llevó la tristeza, habiendo esperado hasta después del parto para morirse solo por dejarte vivo en este mundo de desatinos. "Madre Paca —me dijo—, por tuyo te doy este hijo". Y se le volvieron los ojos, como dos almendras ensombrecidas.

Otras cosas de distinto interés, me ha contado también la madre Paca, pero ninguna como esta se me ha pegado a la memoria. Y por la premura con que ha salido, después de relatado el cuento, bien creo que era por tapar las lágrimas y no poner más pena a mi pena. Que me muero, muy bien sabido lo tenemos los dos; por eso, cuando está conmigo, hago algún esfuerzo por parecerle que tengo propósito de mudar opinión.

Mas la sarta de mis delitos y pecados es soga que no quiere aflojar en mi cuello. A media voz todavía puedo pedirle el cuenco de agua, pero ella ve que rechazo todo brebaje y que mi intención se mantiene por encima de mi miedo.

Sin embargo, si Dios me da todavía algún aliento, quiero preguntarle otro día si tiene remedio para alejar estas fantasías que sobre toda otra cosa me causan grande padecimiento.

Y ello es que no puedo darme al sueño sin que enseguida se me amontonen las figuras de aquellas que en mi desvarío maté. En número de seis, desde aquella primera zagalilla que ya dije, me visitan todas juntas con sus quejidos y su cara de terror y sus sangres manándoles de los pechos. Veces hay en que se me aparecen solo mis manos rajando alrededor del pezón la piel tierna, y luego alzando la cara, veo la de mi madre desfallecida, y ya no hay lugar para tapar la fuente que se lleva su vida, y lloriqueo y termino mamándola, como si de un muy infante se tratara.

***

Esta mañana, después de ido el físico, la madre ha querido librarme su postrera batalla:

—Hijito, mira que la humana vida está por encima de toda otra cosa; torna en ti, repara en que nada vale tanto que exija tan grandísimo pago; además, que la existencia no pertenece sino a Dios: Él, que nos la da, sea servido en quitárnosla… ¿Qué veneno ha sido este que no se te haya metido otras veces? ¿Qué diabla que no pueda ceder al mordisco afilado de la daga?

—La misma cara del amor —he dicho, con la poca voz que guardo.

—¡Sus, y qué desvarío! ¡Ánimas del purgatorio son, vestidas por tu cabeza! ¡Torna, hijo, torna…!

Así ha seguido hablándome la madre, mientras a mí la vida se me iba y se me venía, y no he tenido fuerzas sino a contarle una pizca de este mi último infortunio, sin poder saber lo poco que ha ido en palabras sonoras y lo mucho que se me ha quedado revuelto en el zaquizamí de la cabeza.

—No mataré; no a esta —así se lo he dicho—. Con otras mi miedo pudo más que mi pasión, mas no con esta. Ello es tan verdadero que había dispuesto mi voluntad a tomarla como esposa, sabiendo que una lenta muerte acarreaba con tal modo. Sino que puse mi esperanza sobre figura de humo. Y declarando mis propósitos, como humo se desvaneció.

—¿Y qué fue ello?, dime. ¿Dineros? Yo te hubiera valido… Ay, mancebico torpe, ¿no sabes que los amores no se alimentan de ellos mismos? Para estos quedan las calamidades y las hambres.

—No, madre —he dicho llorando por la rabia—; tanto la quiero que si tuviéramos que haber muerto de hambre me hubiera tragado su mierda y luego, ya engordado, me hubiera dejado comer por ella.

—¡Santo Dios, mancebo, no digas eso ni por asomo! —y se ha santiguado. ¿Eso has aprendido en este templo? ¿Estas son las alegrías que traes a mi vejez atribulada? ¡Vade retro! ¡Y que tenga yo que aprender de vieja y en mi casa lo que me ha enseñado a descreer lo visto en casa de otros!

—Ningún dinero compra la voluntad, madre. Y no teniéndomela favorable, ninguna otra cosa pude hacer.

—¡Dios, que ya lo veo! Que has ido tras un monstruo, por tener a quien parecerte en todo. Así, así el pecador de tu padre. ¡De casta le viene al galgo! ¡Ay, ay, cuánta desgracia puede juntar un solo día! Trae, acércate que te bese, que un eccehomo me estás pareciendo, y no recate yo más estas lágrimas que quieren salírseme a mares, pues fuerza es que te diga lo que nunca he querido.

Tu madre, angelillo, fue de las que llaman lunadas, y la primera y más infestada que yo haya visto. Y así le acaeció a tu padre como a ti mismo, sino que él tuvo la dicha de gozar su bien aunque breve.

El deseo de gozo sin freno, y no otra cosa, es este veneno que va llenando la cabeza cada vez que estas hembras ponen sus huevos y crían sus nidos en los pensamientos de un hombre. Con la mucha calor de la desazón es como engordan las larvas por dentro, hasta que es llegado el día en que el juicio se rompe y se cree ver por fuera la figura rematada y pulida del propio deseo amoroso.

Y por que veas ser verdad lo que te digo, no otra enseñanza tiene aquel cuento tan por extenso que ingenió un muy amigo de tu padre, y que él mismo gustaba recordar que andaba impreso por la anchura de estas tierras, sobre el hidalgo al que se le secó el juicio y un caballero creyó ser que tomó escudero, y que servía a una hermosa dueña y andaba por el mundo dando de lanzadas a cuantos no se la encareciesen.

Y no digo más, y basta —ha rematado la madre—. Quiera Dios que en ti tomen ejemplo la legión de los desventurados. Amén. Amén.

Dicho esto, no sé si viéndome muy fatigado, la madre ha salido. Yo así lo pongo, con mucho temor, no vayan a faltarme los pulsos mañana. Vale.

Isabel

Piensa Isabel que, si hubiera tenido veinticinco años como ella, tal vez también habría tenido alguna oportunidad con su profesor de Literatura. A Isabel le gustaría dedicarse a escribir historias, ahora que su profesor le ha reconocido sus buenas aptitudes para el relato. Por lo demás, a él se le ve que está ciego por ella; por eso a Isabel le gustaría sobre todo ser como ella.

A veces la espía en los pasillos del instituto atiborrado de gente, entre clase y clase, paseando su mirada por los contornos de un cuerpo que, indiscutiblemente, le parece perfecto. Escondida entre un grupo de compañeros, se sitúa de forma que pueda tenerla a tiro de vista. Sigue con disimulo todos sus movimientos, y en ocasiones le cuesta tanto mantener la atención en los dos frentes, que sus compañeros se ríen porque es incapaz de seguir la conversación y no se entera de lo que le están preguntando. Le echan fama de despistada, pero no le importa. Eso realza más su carácter enigmático, y además, ella sabe por qué está despistada. En el fondo, los compadece un poco por ser tan inocentes.

De ella, a Isabel le gusta ante todo su cara. La ve mover la cabeza de un lado a otro, constantemente, como si estuviera buscándole a él, piensa Isabel. Tiene la cara un poco pálida y los ojos despiertos. Se ha fijado alguna vez de cerca y los tiene también marrones como ella, pero muy abiertos. Es una cara especial, que refleja seriedad y simpatía al mismo tiempo, que se repliega tan pronto en un gesto de malhumor, arrugando la nariz, o se expande en una sonrisa que podría matar a cualquier hombre. A Isabel se le encoge el estómago cuando contempla esa sonrisa, porque sabe que sin duda a él le dedicará muchas veces esa boca después de haberle abierto su sonrisa. O será él quien le busque esos labios que parecen húmedos y cálidos, unos labios tan bellos como la fila de dientes blanquísimos y perfectos que dejan entrever. Isabel piensa que esta mujer tiene la belleza resplandeciente de una aparición, y eso le encoge todavía más el estómago.

Cuando el grupo se dispersa para subir a clase, Isabel tiene todavía un momento para contemplarla cogiéndose el pelo por un lado de la cara y echándoselo hacia atrás, estirándose el flequillo sobre la frente y soplándoselo hacia arriba después. Luego la ve de perfil, vuelta hacia la clase en la que presumiblemente va a entrar, y le envidia también el pecho recortado y apuntado con firmeza en la camiseta blanca. Isabel se siente desolada cuando por fin entra en clase.

***

Allí dentro, él habla y habla sin parar. Parece una cotorra, pero Isabel le admira porque intuye lo mucho que sabe de lo que a ella precisamente le gusta. Está casi segura de que por las tardes se dedica a escribir. Puede imaginarle casi, con el cigarro permanentemente prendido en la boca martilleando una vieja máquina de escribir. Porque este seguro que no es de los que escriben con ordenador; este es de los viejos románticos y además tiene pinta de cabezota. Por tanto, es muy poco probable que abandone sus costumbres de siempre. Sí, sin duda escribe a máquina.

No es guapo, eso está claro, pero por eso mismo resulta más interesante. Ella lo ha sabido ver mejor que nadie, cuando se ha decidido a salir con él. La habrá enamorado con palabras, solamente con puras palabras, y eso a Isabel le hace estremecerse en su pupitre.

Los mejores poemas que él escriba serán para ella, y ella será sin duda la protagonista de sus historias, porque más que una mujer parece una reina. A Isabel le gustaría descubrirle algún defecto y por eso en alguna ocasión se le ha acercado hasta casi rozarse con ella.

Saliendo del instituto, cuando la gente se apelotona en la puerta, se ha arrimado un día. Casi, casi, podía oler su cuerpo, al lado de él, que había llegado por detrás y la había cogido por el hombro. Bajo la camiseta se adivinan unos hombros bonitos, una espalda atlética que remata con un culo bien hecho marcado en los vaqueros. Isabel se ha fijado también en que no lleva pendientes y tiene una oreja rasgada que le da un aire gracioso de niña traviesa.

A Isabel le encantaría poder decirle a él que ella misma tampoco está mal, es un poco más bajita, pero también tiene una cara simpática y seria al mismo tiempo; y por qué no, tiene un cuerpo tan bien proporcionado como el de ella. Al pensar esto, Isabel deja descender la mirada por su cuerpo abajo y se siente un poco deprimida porque sinceramente no termina de gustarle la comparación.

Por lo menos, yo escribo mejor que ella, se conforma Isabel, porque no tiene pinta de gustarle nada la Literatura ni cosa que se le parezca.

¡Si él quisiera enseñarle todo lo que sabe sobre libros! A Isabel le encantaría poder pasear juntos escuchándole hablar de don Quijote y de don Juan y de Cyrano. En una ocasión, en clase, dijo mirándola que sobre un pequeño trozo que comentaban podría estar hablando horas.

Y se le imaginaba abrazándola a ella, o de la mano, recitándole hermosos poemas de amor, incluso escritos por él mismo; o contándole historias bellísimas leídas en algún libro raro. ¡Cuántos libros habrá leído!, piensa Isabel, mientras los ve alejarse cogidos de la mano y besándose.

Cuando se arrellana en el asiento del autobús, sola, piensa que a fin de cuentas también ella es humana, ¡qué caramba!, y hará lo que todo el mundo, por mucho que a él pueda parecerle distinta.

Y se sonríe adormilada, en cuanto el autobús se pone en marcha, pensando en un día hace bien poco cuando la vio entrar a los lavabos y se coló detrás metiéndose en el servicio de al lado. Se quedó de pie, como una tonta, y pudo escuchar el chorrito líquido golpeando en la taza; luego escuchó un rasgón de papel y el ruido del agua de la cisterna, tan bronco como sus pensamientos.

Bah, pensó Isabel, también ella es humana, mientras notaba que se estaba quedando traspuesta con el traqueteo del autobús.

***

El día del desfile organizado por los alumnos del instituto, Isabel confirma dolorosamente todas sus sospechas. Ella es una diosa, ya no le cabe la menor duda. Y se le ocurre un relato que comenzaría diciendo: "Su hermosura era tan natural que incluso ella misma lo ignoraba, y se ignoraba tanto que desconocía el terrible poder de su hermosura".

Una multitud de focos comienza a encenderse y los altavoces anuncian, como las trompetas de un día de Juicio Final, la inminente aparición de las modelos en la pasarela. La discoteca en que se celebra el desfile está hasta los topes de juventud arremolinada en torno al pasillo que han alzado en la pista central. La presentadora es todo labios, unos labios que a Isabel se le antojan de un rojo radiante; la presentadora da comienzo al desfile. La música está altísima, es una música de un ritmo muy rápido, para acompañar los pasos ensayados de los grupos de modelos. La gente silba. Isabel es todo ojos, como el perro que guardaba las puertas negras del Infierno. Está tan nerviosa que por un momento se ve ella misma andando por encima de la pasarela, muerta de vergüenza. Pero Isabel sabe que ella sería incapaz de atreverse nunca.

Cuando la ve salir, Isabel está imantada por un foco clarísimo de luz, como una luna, que la apunta justo de frente. Ella se mueve rapidísima bajo una música atronadora. Isabel cree por un momento que está soñando. La ve con un pantalón negro, una camiseta roja, todo muy ceñido, cazadora y gafas. Isabel siente que debería escribir: "Luna blanca de la doncellez y el nacimiento".

Apenas ha salido de su asombro, cuando otro grupo nuevo de modelos se está paseando por un trenzado de caminos en el tronco amplio de la pasarela. Apenas unos momentos, y otra vez ella —ahora más hermosa que nunca—, que resbala a veces por efecto de unas sandalias marrones y planas. Diosa, diosa, piensa Isabel, la de alado paso, eso debería escribir, porque ella más que andar levita y a Isabel le parece que está a punto de echarse a volar al aire de un vestido muy largo, verde, como una esperanza que se abre en su corazón de pronto, mientras se le ocurre que debería seguir escribiendo: "Luna roja del terror y la lujuria".

Isabel siente por un momento que se va a quedar ciega y aparta la vista de lo alto, desviándola por los brazos de la pasarela hasta la masa negra de gente que está al otro lado. Nuevos modelos que no le interesan, y al fondo, en medio de la negrura, percibe el rostro de él, fumando nerviosamente, aplaudiendo, quedándose quieto y absorto en cuanto comienza a sonar la música del tercer y último pase, esperándola a ella sin duda. ¿Qué poema no la escribirá hoy?, ¿qué verso estará alumbrando ahora en su cabeza, que Isabel no alcanzará jamás a imaginar siquiera?

Vestida de marrón claro, fluyendo ahora cadenciosamente, como un río que se amansa al final de su camino, ella recorre sonriendo tímidamente la cruz de la pasarela. Isabel ya no oye la música ni siente la luz de los focos. Se encuentra mareada y está a punto de vomitar. Se hace paso entre la gente dirigiéndose a los servicios, y una vez allí, en silencio absoluto, antes de que le llegue la primera náusea, todavía tiene tiempo de pensar lo que escribiría: "Luna negra de la adivinación y la muerte".

La vedette

"En otro mito que relata Apolonio de Rodas,
Selene era la amante de Endimión,
un joven y hermosísimo pastor..."
Serena Foglia, Descubrir la luna.

"Soy pastor" —le dijo—. "¿Pastor?" —inquirió ella entre sorprendida y burlona. "Sí —afirmó muy seguro—, ese es mi oficio". Ella prefirió callar en aquel momento, pero sintió la necesidad de pegarse a su cuerpo abrazándose a él, apoyando la mejilla en la parte alta de su pecho, cerca del hombro, de forma que se sentía protegida entre el brazo que la ceñía por la cintura y la barbilla, que le rozaba el pelo en un movimiento suave cuando giraba la cabeza.

Siguieron bailando sin intervalos entre una canción y otra. Él parecía haber enmudecido definitivamente. La verdad era que no se había mostrado muy expresivo en todo el tiempo. Pero le resultaba agradable seguir así, sintiendo el calor de aquel hombre y el ritmo acompasado de su respiración enviándole regularmente ráfagas de un aliento cálido que se le enredaban en el pelo.

Sin embargo, a pesar de que ella no oponía resistencia, le notaba tranquilo, firme, manteniendo correctamente la distancia, sin otra pretensión que no fuera el puro baile, ajeno a todo —se diría—, si no hubiera sido por la delicadeza con que la sujetaban unas manos que ella adivinaba rudas, muy grandes, con las palmas muy abiertas abarcándole la casi total extensión de la espalda.

Había accedido a bailar con él porque le había reconocido de inmediato cuando le pidió baile: el mismo rostro, de una seriedad enigmática, que había visto desde arriba del templete cuando estaba actuando. Estaba acostumbrada a ese tipo de juegos. Mientras cantaba un tango o un bolero moviendo las caderas sobre la plataforma, girándose sobre su cuerpo y alejándose de espaldas al público, observaba las caras embobadas de los mirones, la media sonrisa estúpida de los que tenían clavados los ojos en sus muslos, en su trasero, en el vaivén de sus tetas: conocía esa expresión de carneros babosos pendientes de todo menos de su voz, recorriéndole el cuerpo sin alzarse nunca a su rostro: nadie la miraba a la cara. En un principio, cuando se metió en el espectáculo, le habían enseñado que no tenía que mirar directamente a los espectadores; que tenía que mantener la mirada como dispersa para no sentirse cohibida; que debía ignorar lo que había detrás de las candilejas y los focos, e incluso que debía hacer oídos sordos ante cualquier comentario salaz que viniera de la semipenumbra. Pero con el tiempo había ido perdiendo el miedo; poco a poco había ido especializándose en las miradas de reojo, en mirar sin centrar la vista, profundizando en aquella masa ciega de seres a los que en el fondo despreciaba. Nadie había sabido reconocerle su arte en diez años de profesión con un aplauso sincero. Por eso le extrañó aquella noche la figura de aquel mocetón serio, con la boca entreabierta, solo en medio de los corrillos apiñados en la pista, con las manos en los bolsos, estático, mirándole directamente a la cara (no cabía duda). No aplaudió al final, se quedó quieto, solitario en medio de la gente…

Se olvidó de todo y salió apresuradamente, asqueada, hasta el camerino que le habían preparado en un cuartucho reducido, desde donde se oían todavía las voces que pedían una nueva aparición en el escenario. ¡Mierda! —exclamó entre dientes.

Se sentó frente a un espejo y se quitó la peluca, rubia plateada, dejando al descubierto media melena de color moreno. Se esponjó con los dedos el pelo apelmazado por efecto de la peluca. Se quitó las pestañas postizas, las uñas rojísimas, y procedió a desmaquillarse. Empañó el algodón en el tónico y se lo pasó rápidamente, casi con rabia, por toda la cara. Se descalzó los zapatos sin agacharse, ayudando un pie con el otro. Luego se despojó de las dos únicas piezas que le cubrían el cuerpo, bordadas con lentejuelas de plata reluciente, y se quedó desnuda, mirándose, sin pensar en nada. La desgana la hacía sentirse peor. Se levantó con urgencia, se puso un sujetador y una braga negros, se enfundó un pantalón de pana ancho y un polo suelto por encima, ambos negros también. Salió a la pista donde la gente bailaba ahora. Las luces apagadas del escenario le daban un aspecto de teatrillo mustio y abandonado. Sin pensar en más, se puso a bailar.

Fu entonces cuando sonó una música lenta y dudó si salir de la pista, pero el muchacho ya se le había acercado y le había preguntado: "¿Quieres bailar conmigo?". No había contestado pero se había abrazado a él sin saber por qué, reconociéndole y reconociendo en su voz una petición de auxilio.

Aún ahora seguía abrazada dejándose llevar, sin comprender todavía muy bien el porqué después de siete u ocho bailes ininterrumpidos, callados los dos, bailando, sencillamente.

El muchacho tosió ladeando la cabeza y ella le palmeó la espalda. Entonces volvió a encontrar sus ojos y su sonrisa, y le pareció que le resucitaba como de un silencio de estatua: "El humo me sienta mal", le dijo, y el tono de su voz, sus ojos llorosos por la irritación, su pelo revuelto en rizos oscuros, le golpearon con toda la serenidad de su hermosura.

Luego dijo de nuevo que era pastor y que había venido a ver a la señorita Luz de Luna, su nombre artístico. No quiso desvelarle el secreto de su identidad. De sobra sabía ella por su experiencia anterior —y lo pretendía deliberadamente— que estaba irreconocible con aquella facha; pero necesitaba el contraste para sentirse bien, para limpiarse de las miradas que minutos antes la habían manchado.

"¿Cómo puede gustarte una mujer así?", le preguntó. "Es la más guapa que he visto en mi vida", contestó rotundamente.

Poco después ella pretextó algo y le dejó en un rincón de la pista, apoyado en la barandilla que la rodeaba. Mientras se perdía entre la gente hacia la salida le entrevió fugazmente, mirando al suelo muy serio, como abandonado en medio de aquella noche.

***

Ella supo desde el principio que tenía que volver. A cientos de kilómetros se le amontonaron por dentro todos los hombres, todos los sueños y todos los cansancios que había conocido. Se soñó a sí misma recorrida por el cuerpo de aquel pastor; se deseó ser luna para sobrevolar los ojos de aquel que arrastraría su ganado entre dos luces, pisando la hierba montaraz cuajada de rocío; se enamoró de sí misma, como quien se ve reflejada en un cristal, solo porque el pastor estaba prendado de esa imagen aunque fuera falsa. Tenía que volver a encontrarse con él.

Pero comprendió muy pronto que debía hurtarle aquel reflejo para que a la larga prevaleciera únicamente el ser de carne y hueso allí asomado, porque el reflejo era artificial, múltiple, móvil, irreal e imposible.

A cientos de kilómetros tomó la decisión. Juntó todo el dinero que tenía, hizo la maleta, se despidió de la compañía y buscó de nuevo la ciudad donde pensaba instalarse hasta que llegase el momento definitivo. Abandonó toda su vida tras de sí y se dispuso a cruzar los días y las semanas, las estaciones y los años, incesantemente repetida en el solo intento de hacerse amar.

Así fue encontrándose con él todas las semanas, dejándose ver en el lugar donde le había conocido, excusando al principio su presencia por unos motivos u otros y, al final, por nada, por la mera costumbre de coincidir en el mismo sitio donde se reunía tanta gente. Terminó inventándose una profesión; terminó conociendo a otros e inventándose a otro, al que amaba sin verse demasiado correspondida. Hicieron amistad y se hizo frecuente verlos juntos charlando, bailando, paseando. Ella pensó que había ganado una primera batalla. Cuando le despedía, cada domingo por la noche, le besaba en ambas mejillas, pero su cuerpo tuvo durante mucho tiempo el sabor frío de la distancia.

Un día la mordió la impaciencia y quiso saber cuánto espacio había ganado a su rival, a la otra cara de ella misma. O tal vez quiso verse amada, aunque solo fuera de aquella forma espuria, bebiéndole el amor que él guardaba para la que era ella y no era ella. Tomó una cinta grabada con sus canciones en la que interpretaba una selección de tangos de Gardel, y la voz en sordina y como arrastrada disimulaba lo suficiente para no ser reconocida por su voz habitual. Se la entregó con cierto nerviosismo y le dijo que era un regalo. Deambulaban por las inmediaciones de un castillo que habían ido a visitar aquella tarde. Puso la cinta en un viejo casete y, cuando se oyó la voz surgiendo tras los primeros acordes del tango, aquel ser inocente y hermoso dejó de vagar la vista por toda la extensión de la vega que se abría enfrente de donde estaban paseando. Mudo, absorto, perdido, así permaneció durante dos o tres canciones seguidas. Luego ella no pudo sufrirlo más y paró la música. Entonces él rompió su silencio y sin quitar los ojos del vacío le dijo: "Solo su voz puede tranquilizarme"; y añadió: "solo puedo querer a una mujer así".

Desde aquel momento ella comprendió la medida exacta de su relación. A veces le había hablado de otro hombre inventándose su propia historia de desamor; le había hecho creer fragmentos dispersos de una pasión que se servía del propio relato para desahogar la tempestad interior que albergaba hacia él; como si fuera posible pensar en un río perdido en la lejanía que fuera a desembocar en el cielo y no en el mar. Ahora comprendía que él la estimaba como aquella confidente con quien se comparte un semejante dolor.

Y sin embargo decidió seguir a su lado para amarle inventándole a su vez. En las semanas que siguieron ella fue urdiendo el tejido de su fantasía, como un gran lienzo en el que iba dibujando el amor. Le contó que amaba a un hombre sencillo que vivía en una ciudad cercana. "Él no me ama — le decía— y sin embargo es el hombre de mis sueños. He visto su corazón y sé cuánta dulzura y cuánta abnegación y cuánta integridad duermen en sus gestos, en cada paso que camina, en cada palabra que susurra. Conozco a los hombres: presumen de héroes y caen en las mayores bajezas cuando se trata de conquistar a una mujer; no saben que los héroes están hechos de una pasta amasada con el propio sufrimiento, con penas revueltas que son las penas de todos, y con propósitos enérgicos y continuos de crear un mundo feliz en cada instante. Así es el hombre que amo. La mujer que lo tenga sentirá la alegría de la vida en su vientre, porque es tan sabio que ha logrado resumir en una sola palabra todo el secreto de la creación: vida. Amará a sus hijos y les construirá una casa luminosa en un lugar feliz. Los verá crecer. Ganará el pan para ellos y los enseñará a ganarlo, cuando tengan edad, con un oficio honesto. Un día se hará viejo y aprenderá la última lección del tránsito, aceptándola con una tranquila sonrisa, como se apaga el sonido de la esquila del manso antes de dormirse todas las noches".

Mientras le decía todo esto, le miraba a los ojos y le inundaba con la claridad radiante de su cara, aureolada como la luna cuando predice días de lluvia; vistiendo el relato con el color de los campos por donde él andaba; abriéndose a él, a sus manos y a su cuerpo entero, para hacer brotar en ella los hijos; dibujando los hijos con su nariz y su pelo, con su voz, con sus ojos… A veces, mientras le hablaba, él sintió por dentro el picor de la envidia hacia aquel de quien ella estaba enamorada.

Una noche ella se despidió besándole, como tantas otras veces, aunque sabía que no volvería en mucho tiempo.

***

En la soledad aprendió la amargura de lo imposible. En la soledad vio arañas tejiendo la tristeza en torno a ella. Se asomó a los días que le quedaban por vivir y no encontró ninguno que no fuese un salto al vacío del absurdo. Pensó prostituirse, enajenarse, matarse. Se vistió algunas noches, sola en su habitación ante el espejo, con las antiguas galas de vedette para no ahogarse con el aire del recuerdo. Y una de esas noches, borracha de angustia, estrelló contra el espejo una botella odiando a la que estaba al otro lado, haciendo añicos la figura amarga de la ilusión.

Después no supo en qué momento había concebido la idea. "Muy bien —se dijo—, no lo tendré, pero le haré saber quién era la mujer a la que amaba, y que él tampoco podrá tenerla". Se estremeció con su propia crueldad. Sabía que si se desenmascaraba habría perdido toda posibilidad para siempre; porque despertarle de aquella especie de sueño inocente sería como entregarle a la muerte misma. Sabía que la fantasía y la realidad solo resisten unidas por el débil hilo del sueño.

No obstante, tramó los pormenores de la mascarada que pensaba organizar como despedida final. Recorrió los locales de moda de la ciudad ofreciendo sus servicios de vedette, invocando el nombre de la señorita Luz de Luna, en otro tiempo conocida en muchas partes. En algunos sitios llegó incluso a ofrecerse gratis, como prueba que garantizaría futuros éxitos. Por fin logró ser aceptada en un café de aspecto antiguo. A la izquierda tenía una barra alta y a la derecha se abría un amplio local con abundancia de mesas redondas. Junto a las tres columnas que sostenían un techo altísimo, se disponían sendas estatuas de estilo clásico de un tamaño semejante a la estatura humana. Entre la barra y la zona de mesas había un espacio libre, al fondo del cual reposaba un piano de cola que ocupaba un hueco en la pared para doblar luego hacia el fondo del local. Le dijeron que ellos contratarían al pianista y convinieron un día para una sesión de fotografías que aparecerían en carteles anunciadores. Puso tanta ilusión en ello que recordó sus primeros tiempos, cuando creyó que llegaría a ser alguien en el mundo artístico. Finalmente programaron unos días de ensayo y la fecha definitiva de actuación.

Cuando todo estuvo ultimado, la actividad enfebrecida de los días anteriores dejó paso al cansancio y al vacío. De nuevo en la soledad de su casa, sintió miedo. Pero ya no había posibilidad de volver hacia atrás. Estaba decidida. Pensaba jugarse a toda costa su última baza, el desenlace apoteósico propio de una gran estrella. Después comenzaría la nada. Pensaba enseñarle las dos caras de su alma en un solo lugar, en un solo día, de una manera definitiva, reprimiendo las lágrimas. Luego, la pura nada.

Le mandó cartas diciéndole que la señorita Luz de Luna actuaba en su ciudad. Le mandó invitaciones para asistir al espectáculo y le puso con letra muy clara la dirección de su casa, quedando allí a las siete de la tarde del día de la actuación con el propósito de ir a verlo juntos. Le rogó que no faltase.

En la fecha convenida, desde la ventana de su casa le vio bajarse de un taxi. Se quedó parado en medio de la calle, mirando a su alrededor, con aquel aspecto de niño abandonado que ella le había conocido en otro tiempo. Notó que un sofoco se le subía a la cara, un calor semejante al que había sentido cuando él la abrazaba bailando, muy serio, callado y mirándola con ojos llorosos por el humo. "El humo me hace daño", le había dicho.

Cuando él desapareció de su vista, se apartó de la ventana y corrió a cambiarse. Se vistió de negro, como en otro tiempo solía hacer, para limpiarse de las miradas que desde abajo la habían ensuciado. Después puso una música lenta y se sentó a esperar. "Sería maravilloso —pensó— que él quisiera bailar aquí conmigo, solos los dos, a la luz de unas velas, como dos amantes perfectos que se reencuentran después de una larga separación impuesta contra su voluntad". Tuvo ganas de llorar, pero sabía que ni siquiera para eso le quedaba tiempo suficiente.

Llamaron a la puerta y antes de abrir preguntó: "¿Quién es? "Un pastor", le contestaron desde fuera. Abrió y se quedaron los dos parados mirándose. Antes de que ella se decidiera a decir algo, un saludo, una frase que rompiera aquel silencio tenso, él ya la había abrazado, la apretaba contra su cuerpo con fuerza. Se desembarazó confusa de entre sus brazos y le mandó pasar al interior. Cruzaron unas pocas palabras amables, de compromiso, y enseguida ella le sugirió la posibilidad de salir a cenar pronto para tener tiempo de asistir a la actuación. No supo cómo reaccionar cuando él propuso cenar en casa, tranquilamente, hablando de tantas cosas como tenían que contarse después de tanto tiempo sin verse. No le reconocía en aquella actitud efusiva, desenvuelto, incluso dicharachero. Y, sin embargo, el amor se prendió de nuevo en aquella imagen hermosa y ella no tuvo más remedio que concederse una tregua para reflexionar. Le invitó a tomar algo mientras ella se aseaba, y cuando entraba en el baño le dijo en tono desenfadado:

—Puedes entretenerte fisgando por la casa. De todas formas, vamos a andar justos de tiempo para la actuación.

—No importa —contestó él—. Si no da tiempo, no vamos. Mejor que estamos aquí, en ninguna parte. ¿No te parece?

La pregunta se quedó en el aire porque no tuvo fuerzas para contestarla. Se desnudó, abrió la ducha, y dejó que el agua le resbalara por el cuerpo llorando silenciosamente primero, hecha un mar de lágrimas después. Lloraba de alegría, de esperanza infinita, de no sabía qué… Pero ya no pensaba asistir a su compromiso. Ya lo arreglaría después, sería el final de su carrera artística, no importaba nada…

Desde fuera, él golpeó con los nudillos la puerta del baño:

—Oye, tienes roto el espejo del armario de tu dormitorio —le dijo.

Los motivos de la venganza

(A ella le encontraron restos de esperma repartidos por todo el cuerpo. Aparte de las zonas ordinarias, vaginal y anal, lo tenía sobre los párpados, en los pabellones auriculares, en los huecos de las dos axilas, en el hoyo exterior de la garganta, entre la cara interna de los pechos, en los pliegues del cordón umbilical y en zonas de glúteos e intercrural. Por lo demás, sendos cortes en ambas muñecas.

Todo hace suponer una noche desenfrenada, devastadora, como si un huracán hubiese barrido con parejo ensañamiento dos islas vecinas, rivales y enemigas, arrancando de raíz sus poblados y fortificaciones, mezclando y envolviendo, anegándolas en el mismo mar omnipotente; dos islas que hubiesen mantenido una lucha encarnizada durante cientos de años, con igualdad de fuerzas, de victorias y derrotas en su cuenta.

Y sin embargo, no hay indicios de violencia o de pugna entre los dos cuerpos. Existe un tajo azaroso, transversal, en la garganta de él, presumiblemente el que le produjo la muerte de dormido, sin tiempo para despertar ni abrir los ojos siquiera una fracción de segundo y comprobar el horror, una luz entre dos sombras. El resto son puñaladas limpias, descargadas a placer sobre un cuerpo ya inerte y bañado en su propia sangre después de la degollación. Curiosamente, parecen estar dispuestas por una voluntad de exterminio en cierto modo simétrica —dos islas— a la voluntad de placer demostrada por él durante la batalla amorosa: ojos, orejas, tráquea, regiones superiores del tórax, entre las vértebras hasta tocar el pulmón izquierdo una de ellas; siete puñaladas en el bajo vientre y la carnicería final de los órganos sexuales... total, sesenta y seis golpes asesinos de humillación, resentimiento y muerte).

***

Los hechos debieron de desencadenarse a partir de las 3:45 horas de la madrugada, según testimonio de uno de los vecinos del inmueble de enfrente, señor Pérez García, que manifestó haber observado luces encendidas hasta esa hora —cosa harto infrecuente—, cuando por casualidad el insomnio le llevó a fumar varios cigarrillos —marca Winston— en el balcón de su domicilio, sito, como arriba se ha dicho, frente por frente del lugar de los hechos. Asimismo, y habida cuenta de que el informe policial señala que todo el resto de la pieza en cuyo único lecho se encontraban los cadáveres, presentaba aspecto de normalidad, así como las demás habitaciones de la casa, entonces habrá que suponer que las luces se encontraban apagadas, lo cual no pudo ser antes de las 3:45 horas, como arriba queda señalado.

Al mismo tiempo, que los acontecimientos se desarrollaron con total impunidad por una de las partes lo prueban las circunstancias antedescritas en el informe policial, y el testimonio de otro vecino, en esta ocasión el del piso superior, la señorita Gómez y Rodríguez, soltera, quien declara haber pasado toda la noche en su domicilio habitual, acostada, sin que nada hubiese alterado una noche apacible de descanso, como cualquier otra en la vida de la susodicha señorita.

Cómo se conocieron y hasta dónde hay que remontar la amistad entre los dos interfectos es cuestión que no está en nuestras manos esclarecer con precisión. Parece, según opiniones recogidas de boca de algunos compañeros y conmilitones que asistieron al sepelio —señores López y Álvarez, y Alonso y González— que se trataba de un amor de juventud, disculpable en todo caso, y máxime conociendo el temperamento siempre apasionado de nuestro conciudadano y por otra parte reverenciado artista local, señor don Jacinto Célebre, con cuya viuda nos condolemos y a quien desde aquí enviamos nuestro más sentido pésame.

En otro orden de cosas, permítasenos aventurar una hipótesis que nada tiene de descabellada si se tiene en cuenta que está fundada en datos altamente confidenciales llegados a nuestro conocimiento (y aquí hacemos un inciso para recordar que nuestra misión es informar, y que solo desde la sagrada misión que nos honra nos atrevemos a poner un poco de luz en todo este escabroso asunto).

Decíamos que, dejando de lado detalles poco agradables que en nada contribuirían al total esclarecimiento del sujeto que nos ocupa, consideramos más instructiva la reconstrucción imaginaria de unos hechos que no por más reprobables han de ser menos analizados y puestos en conocimiento del vulgo.

Así pues, de todo el mundo es conocido el temperamento en exceso batallador y la acusadísima personalidad de nuestro admirado señor Célebre. Todos conocemos la limpieza de sus apellidos y el honorable linaje de donde procedía, y que él tenía a gala enseñorear condensándolo en su máxima citada y tantas veces escuchada por todos: "Hay que hacer honor al apellido". Todos lo hemos visto en la tribuna en mil ocasiones, regalándonos con su porte altivo y con su verbo fácil, cautivándonos con un sermón que más parecía nacer de boca de un iluminado o de un ángel que de un hombre. Sí, "Crisóstomo", "Eulogio", esos eran los pseudónimos entrañables con que se escondía en sus habituales colaboraciones en nuestro periódico local; inocentes travesuras por otra parte, si consideramos que a todos nos arrancaba una sonrisa, pues de sobra era conocido quién podía ocultarse tras aquellos discursos vibrantes, aquella serenísima prosa de cláusulas regulares y perfectas, trasunto de un espíritu en concordancia con la divinidad.

Y, sin embargo, ¡tan humano! ¿Quién no lo había visto en múltiples ocasiones ofrecer su brazo, y con él su sangre, su vida toda, a la honrosa causa de la Cruz Roja? ¿Cuándo negó él sus favores y su pan al transeúnte ocasional y necesitado? ¿Qué boca podrá desmentir su anual colaboración y promoción —cuando no su presidencia— al asilo de Nuestra Señora de la Caridad? Nadie, nadie, nadie: una y mil veces lo repetiremos.

¿Y un hombre de esta laya pudo plegarse a los favores de una desarrapada? No, señores, no. Más nos inclinamos a creer en las arteras artes de una zurcidora de voluntades, en presiones ejercidas con vileza por parte de una naturaleza proterva, en las malas mañas de una mujer de la calle y de vida fácil, en resumidas cuentas. Porque esto hay que decirlo en descargo de nuestro celebérrimo señor Célebre. No temblará nuestro dedo acusador contra la asesina. Sabemos de sus costumbres disipadas, de su vida disoluta, de una trayectoria descarriada que hacía aventurar tan nefando fin.

Cierto, que en años de mocedad pudo trabar amistad con nuestro amado Célebre; cierto, que la magnanimidad de nuestro querido conciudadano pudo condescender al trato amigable y desinteresado con gente de toda condición social alguna vez (¡a tanto llegaba la grandeza de su corazón!); cierto, que pudo existir un principio de entendimiento o de intimidad. Pero nunca hasta el punto de rebasar los límites de una discreta camaradería. ¡Eso jamás! Conociéndolo como lo conocíamos, desde aquí estamos dispuestos a empeñar nuestra palabra en ello.

Y si no, considérese si un hombre que estaba llamado a ser un prócer de nuestras letras podía hacer concebir esperanzas serias de relación futura a una vulgar maritornes, indocta en extremo, de quien sabemos que no poseía mayor bagaje cultural que un escolar. Nótese si un hombre de acaudalada fortuna podía ver despreciado su patrimonio con quien sabemos sin dote y sin posibles. Piénsese si un patricio de tan alta cuna podía ensombrecer sus apellidos mezclándolos con otros que en su misma constitución fónica resultan chabacanos, hasta el punto que omitimos su pronunciación. En qué cabeza en su sano juicio cabe conjeturar unos lazos que podrían haber acabado en el sagrado vínculo del matrimonio. ¿Y los hijos? ¡Prole desgraciada la que está sujeta al gobierno manco de unos padres separados por grandísimos abismos sociales, culturales y morales! Pues cuando el uno educa, la otra relaja; cuando uno manda, la otra permite; cuando uno atiende, la otra descuida. No, señores, no. Apelamos a las leyes del más estricto sentido común, a la realidad de los hechos que conocemos y que nos conceden la razón.

Matrimonió nuestro recordado Célebre con la que de soltera fuese señorita de Jiménez y Jiménez, dechado de virtudes, mujer que en su honestidad todavía no ha terminado de llorar tan irreparable pérdida. El pueblo entero se ha condolido con doña Josefita en tan amargo trance. De ella sí podemos decir que era la auténtica merecedora y recipiendaria de un hombre de las cualidades del señor Célebre. Hacendosa, pudorosa, sumisa, religiosa: una mujer, en una palabra. Hija de sus obras, pero además de reconocido abolengo en nuestra localidad. Su padre, don Efisio Jiménez, hombre de una rectitud intachable, estuvo al cargo durante muchos años de la Comandancia de la benemérita Guardia Civil, que tantos servicios ha prestado a esta villa y a sus gentes.

Esta y no otra fue el ángel de la guarda que asistió y consagró toda su vida al servicio de nuestro artista. Esta fue para su desgracia quien le faltó en tan infausto día. Porque de haberse encontrado ella en aquellos momentos en su casa, como su recato le tenía dictado por costumbre, de no haber tenido que asistir durante semanas a su anciana madre, doña Teódula Jiménez de Jiménez, a quien la enfermedad tenía y tiene postrada en cama; de no haber sido así, otro gallo le hubiera cantado a la urdidora. Porque sin duda, cuando esta llamó a la puerta, aquella le hubiese recibido y plantándose en el umbral, enarbolando la espada de la virtud, le hubiese hecho retroceder con un "Vade retro, Satanás", y la aojadora, bajando los ojos, habría salido con el rabo entre las piernas, como vulgarmente se dice.

Pero fue el sino. ¿Quién si no? El sino dirigió aquellos pasos malvados, y cuando él abrió la puerta, la lástima, la caridad, el perdón, los recuerdos antiguos, le harían posiblemente decir: "Pasa". Y se consumó la desgracia.

Sí, señores, sí, estos y no otros fueron los auténticos motivos de la venganza. Porque estamos, no les quepa la menor duda, ante un ajuste de cuentas mezquino, ante una lamentable, injustificada y vil venganza.

***

(La había visto en los últimos días merodear por los alrededores de su casa. Desde la ventana de su estudio, fugazmente, creyó reconocer en aquel paso cansado, calle abajo, en aquel cabello largo, negrísimo, el recuerdo de una vida perdida desde hacía tiempo. Otro día, rebuscando entre pa-

*peles olvidados prácticamente desde la juventud, se le agol-
pó en la boca, como un vómito, un nombre asombrosamente
vivo todavía: Selena. "A Selena", decía sencillamente la de-
dicatoria de aquellos dos folios grapados, con un color ya
desvaído de tinta azul celeste. Intentó reconocerse en aquella letra entonces vacilante. Encendió la lámpara y se puso
a leer. "De lo sublime y lo grotesco en el arte". ¡Dios mío
—pensó con una sonrisa—, cómo podía ser tan cursi hace
treinta años! "Bajo los conceptos de sublime y grotesco se
encuentra también el viejo problema de las relaciones entre
el artista y la realidad". Y más abajo: "Aquellas relaciones
son a menudo difíciles, pero cuando uno y otra se funden en
un auténtico abrazo amoroso, de este matrimonio surge un
producto altamente revolucionario, el Arte, que en sí mismo
es un revulsivo social. Por ello, entre el artista y la realidad
suele interponerse la razón social para que estas relaciones
no fructifiquen, por cuanto que la sociedad —que es voluntad
de orden— solo admite el principio de lo sublime que repre-
senta el artista, y tiende a negar el caos grotesco que supone
la realidad descarnada". El escrito concluía con una defensa
enardecida del artista comprometido: "Es preciso que el artista aprenda a burlar el contrato social, y el gran artista lo
hará desde dentro de su mismo tejido porque sabe que este
es el método de lucha más eficaz. El gran artista es un espía
infiltrado en la ciudad asediada. Sus compañeros guerrean
desde el exterior, pero él trama la conjura en el mismo corazón del enemigo. A riesgo de su seguridad, de su perversión
y de su muerte".*

*Se vio a sí mismo leyendo aquellos folios con voz clara
y juvenil, rodeado de amigos, bajo la mirada protectora de
Elías, su profesor de Literatura, que presidía la tertulia. Estaban en el "Ecos", el bar donde solían reunirse una o dos
veces al mes. Al fondo, Selena y un grupo de amigas lanza-*

ban miradas de reojo, desinteresadas en apariencia de aquellos "intelectualillos".

Aquella noche la llevó al Gran Parque y le besó los ojos y los labios, le dijo palabras que ahora ya no recordaba en su literalidad, pero vagamente, eso sí, deslizó una promesa. Buscó la forma de decir "Hasta que la muerte nos separe", aunque estaba seguro de no haberlo dicho de esta manera. ¡Selena, carne de sauce! Luego vino el verano y el intercambio de señas para mantenerse en contacto. ¡Qué cartas de amor no había pensado escribirle! Esa misma noche no daba crédito a sus ojos cuando leyó su nombre y su apellido. Fue como si un demonio quisiera reírse a su misma cara, una ironía burda del destino. ¡No podía ser! Todo su orgullo, y el de sus padres, y el de sus futuros hijos quedaban en entredicho; su prosapia, su ilustre patronímico resultaba grotescamente ridículo enlazándolo con aquel otro apellido chabacano, proletario y rural. ¡Que esto le estuviera ocurriendo a él: un Célebre! Era grotesco, ridículo, burdo, infamante, vitando... Y se le helaron los sentimientos.

***

Volvía de la calle y la encontró sentada en la escalera del portal. Solo le dijo "¿Te acuerdas?". Él no supo qué contestar. Se le ocurrió invitarla diciendo sosamente "Sube". Era ella, lo sabía. Pero no sabía que esa misma noche, esa misma mujer, Selena Pelagatos, sería un cadáver tendido junto a su propio cadáver, con la boca llena de sus propios genitales).

El premio

Habíamos coincidido en la estación de autobuses, un viernes por la tarde, aprovechando los dos el fin de semana para recoger en casa lo que no habíamos podido trasladar de una sola vez, hacía un mes exacto, cuando dio comienzo el curso.

Yo continuaba mis estudios de Derecho y él se había marchado a principios de septiembre, como era su costumbre, para pasar el mes en su lugar de trabajo, examinando a los muchachos y programando la llegada del próximo curso. Año tras año, desde que había comenzado a trabajar, repetía esta operación con pereza y un malhumor que todos conocíamos. Como era tan variable de carácter, cualquiera podía imaginar que a los pocos días de incorporado posiblemente estaría disfrutando, enfrascado en algún proyecto o gozando simplemente de la libertad que le proporcionaba para escribir y estar solo aquella ciudad, donde mi padre solía decir que teníamos que ir algún día a comprobar los líos en que andaba metido. La verdad era que mi padre confiaba poco en él porque sus temperamentos no cuadraban en lo más mínimo: práctico hasta la saciedad, mi padre no aguantaba el desorden y el poco apego de mi hermano a todo lo que no fuera lo que él valoraba como único. Y realmente existían pocas cosas que él considerase de esta forma.

Eran las siete menos cinco y el conductor acababa de poner en marcha el autobús. Llovía. Desde la ventanilla le vi aparecer a toda velocidad; cruzó como un relámpago la puerta que daba acceso a los andenes y enfiló abiertamente haciéndose paso entre los viajeros que a esa hora abarrotaban la estación, a empujones, con el paso descoordinado por la bolsa de viaje que llevaba en una mano, jadeante y sudoroso.

***

(Después he podido leerlo en su Diario: "La garganta de la estación resonando como una gran trompa. ¡Ay de vosotros, los que vais a iniciar el viaje! ¡Apresuraos! ¡Estad preparados porque se acerca la hora! El inmenso bullicio de la estación. Como almas en pena, aligerando al toque metálico que los convoca, los viajeros del mundo. Tiembla la cubierta de uralita y se resquebrajan los suelos con la mordedura carbónica que vomitan los tubos de escape. ¡Todo temblará!).

***

Subió por la parte trasera y de momento no me vio. Por encima del respaldo de mi asiento le observé cómo tiraba prácticamente la bolsa en un asiento y se arrellanaba al lado, resoplando, con las piernas estiradas y un gesto de dejadez que mi padre hubiese interpretado a su manera como una falta de compostura. Se levantó de pronto, se subió el jersey y se afanó en meterse la camisa entre el pantalón. Verdaderamente, me produjo gracia. En ese momento le chisté.

—¿Qué hay? —se acercó, me agarró fuerte del cuello y me dio un beso—. ¡Joder, lo he pillado por los pelos! El tren ha llegado a las seis y media y me he acercado hasta la Sociedad…

Se paró bruscamente y se quedó muy pensativo un rato
mientras se alisaba el pantalón, calado de rodillas para abajo.
El chaquetón le olía a mojado y de vez en cuando se colocaba
hacia atrás el pelo, con un gesto nervioso, en mechones brillantes por el sudor y la lluvia. Consideré inútil preguntarle
por qué no llevaba paraguas como todo el mundo. Me pidió
un cigarro.

—Pero ¡qué hijos de puta! —lo soltó con rabia seca y acu-
mulada—. Mira que he ido hasta allí a comprobarlo personal-
mente y me dicen que lo han declarado desierto, por falta de
calidad… ¡Me cago en su puta madre!

—¿Dónde? ¿En la Sociedad? —su agresividad me ponía
nervioso.

—¡Me las van a pagar, como que me llamo Juan! ¡Esa
gentuza se está riendo de nosotros!

Me vino a la memoria que se estaba refiriendo al concurso
de poesía que habían convocado hacía unos meses, y al que él
se había presentado. Recordaba todavía la ilusión que había
puesto durante el verano preparando los originales, recopi-
lando lo que tenía escrito y ordenando lo que le parecía de
mayor mérito.

Me contó que había estado allí preguntando por qué no
había sido fallado el premio literario, puesto que hacía ya
varios meses que había sido convocado y, por supuesto, ya
había sido cerrado tiempo atrás el plazo de presentación
de trabajos. Le respondieron que no había sido presentado ninguno de mérito. Así, secamente. Conociéndole, sé
que no se quedaría callado, como de seguro esperaría el
empleado que en ese momento le atendía cumpliendo su
obligación.

—Me encaré con el bigotudo y le dije: "Oye, tío, ¿vosotros os queréis quedar conmigo o qué? Primero nos metéis
el caramelo en la boca con lo del premio, y luego vais y nos

pegáis la patada en el culo. Y eso sí, en la prensa quedáis como Dios".

—Oiga, no le admito que me hable en ese tono, lo primero; y después, que no soy el responsable de la sección de Promoción Cultural de la Sociedad.

—¡Qué promoción ni qué coños! Entonces, ¿con quién tengo que hablar?

Le remitieron al Delegado correspondiente. Por el tono con que me contaba el desarrollo de la charla, puedo imaginar cómo le pondría también a este otro. Mi hermano ha tenido siempre en contra su propio carácter. No me cuesta reconocer que en muchísimas ocasiones ha perdido la razón por no saber mantenerse tranquilo y exponer las cosas como es debido.

El autobús resoplaba camino de casa y yo tenía la desagradable sensación de que mi hermano levantaba la voz más de lo que era prudente. Estaba acalorado y nervioso como nunca lo había visto. Tengo que confesar que hubo algún momento en que me produjo la impresión de estar algo desequilibrado. Los ojos ansiosamente abiertos, gesticulante, despeinado y con la expresión del rostro contraída, daba incluso un poco de miedo.

—¡Baja la voz, por favor, vas llamando la atención de todo el mundo! —trataba yo de calmarle.

—¡A mí qué me importa la gente!; si me oyen, mucho mejor —respondió irritado—. ¡Paso de estos y de todo Dios! Es que nos están vacilando —continuó—. Es que en este país no hay nada serio, todo es una bufonada para quedar bien ante la galería. Esta sociedad es una mierda. Te hiere, te obliga a replegarte hacia tu propio interior, te obliga a crearte tus propias defensas, tus propias palabras de poeta… Y luego lo airea a los cuatro vientos: "¡Eh, chicos, mirad, aquí tenemos a un poeta!", como un espantapájaros para conjurar los miedos colectivos; y cuando el miedo pasa o se olvida, a tomar por el culo con el espantapájaros.

Me contó que el Delegado Cultural le había dicho, para concluir la disputa, que si quería quejarse lo hiciera por medio de un abogado.

—Y eso es justamente lo que voy a hacer —remató con seguridad.

***

(Luego en su Diario diría: "Primero, los seres ínfimos, la legión de anónimos, los grises operarios que duermen en oficinas acristaladas, como féretros de vidrio; ellos, levantándose a mi paso como una procesión de zombis con su sermón de voces huecas, su discurso aprendido de muñecos de cuerda…

Y después, más adentro, en penumbra, el hijo de la gran culebra, de habla hética y tono suave. ¡Hic es draco! ¡Hemos llegado al final! Sobre su mesa, una manzana. En la frente despejada, dos leves prominencias, una a cada lado del hueso frontal).

***

Mi hermano fue siempre un poco especial. Él fue quien me transmitió el gusto por las Humanidades, quien primero me enseñó el encanto del lenguaje.

Cuando yo cumplí los once años, mis padres decidieron llevarme interno al colegio donde ya hacía cinco que estudiaba él. Pero le recuerdo mucho antes, cuando me apadrinó en la primera comunión, con aquel jersey de cuello alto, azul celeste; y mucho antes incluso, viniendo del colegio en algún puente, delgado, nervioso, al lado protector de mi madre, que lo había ido a recoger; cargado siempre con aquel bolsón grandote de color blanco, con unas letras bordadas en rojo y el número de interno debajo; recuerdo la alegría que me producía verlo aparecer al fondo de la calle, y que yo corría con paso todavía incierto a su encuentro y me daba mil besos, y

cargaba finalmente con el bolsón al hombro con tanta vehe-
mencia que hacía que me tambalease.

El año que pasé junto a él en el colegio lo tengo grabado
como uno de los más hermosos de mi vida. ¡Qué importante
me parecía cuando fue elegido delegado de su clase! Cuando le dijo a un compañero que aquel no era "asunto de su
incumbencia", y yo me repetía por las noches: "Eso no es
asunto de tu incumbencia"; su agresividad y su capacidad de
lucha en las competiciones deportivas; su incredulidad religiosa, cuando el ambiente motivaba hacia la interiorización y
el fervor cristianos; y sobre todo su elocuencia: destacaba en
los grupos que frecuentaba por la seguridad de sus palabras,
por su apasionada exposición cuando se hablaba de temas
trascendentales entre los amigos, y el desprecio subsiguiente hacia todos los que no supiesen valorar en su punto los
fundamentos que él iba arrancando de aquel librote grande
de Filosofía; el que yo le bajaba puntualmente todas las mañanas a su clasc antes de desayunar, mientras él aprovechaba
descaradamente los últimos diez minutos de sueño.

Muchas veces he pensado que la vocación que posteriormente hemos seguido los dos tiene su origen en el carácter
de mi padre, mal que le pese a Juan. A pesar de su escasa
formación, mi padre tiene la virtud de expresarse con una
gravedad y una prudencia que le confieren cierto carisma.
De él hemos heredado, para bien o para mal, la magia de la
palabra y el sentido de la justicia, sin que una cosa se oponga
a la otra; pero dominando en mí la segunda y en mi hermano
la primera. Porque Juan sentía la palabra desde el comienzo,
según cuenta mi madre, con una intensidad que poco a poco
iría convirtiéndose en fértil; según la versión de mi madre,
repito, los primeros cuentos tristes que ella podía hilvanar
tenían una resonancia que producía en él carne de gallina,
pucheras y hasta llantos desenfrenados. Nunca me cupo la

menor duda: mi hermano estaba destinado desde el principio a escribir.

Él me enseñó el lenguaje. Recuerdo que me sentaba a su lado para analizar oraciones, para repasar las reglas de ortografía o para comentar las cuestiones que venían debajo de los fragmentos literarios. Yo estaba más a su persona que a lo que me decía, embobado siempre por la admiración que mostraba hacia los escritores, pendiente de un sinfín de anécdotas que me contaba sobre ellos, arrobado en los momentos en que encendía un cigarro, inhalaba profundamente y se explayaba a su antojo sobre algún autor que le era familiar. Esos eran los momentos que más me gustaban. Seguía con fruición sus palabras acompañadas del humo del cigarro, su mirada alta. Disfrutaba viéndolo. ¡Mi hermano, valiente loco!

—¡Mira! —me dijo una vez leyendo un poema—, tienes que sentirlo aquí (y me tocó en el pecho bruscamente), incluso antes de entender lo que dice.

Recuerdo el día en que un poema suyo apareció en una revista del curso. Bajé como todas las mañanas, con otros compañeros de mi edad que también tenían hermanos mayores, a dejarle los libros en su clase (un honroso cometido que nos correspondía a los pequeños). Los días anteriores ya había escuchado los comentarios sobre ello en nuestra habitación; reunido allí con algunos amigos, tirados en las camas, le felicitaban y le preguntaban por el sentido del poema.

—Es un soneto —le oí decir, y el nombre se grabó indeleblemente en mi cabeza.

Y allí estaba el soneto. Aquellas líneas simétricas y perfectas eran el soneto de mi hermano, escrito a máquina, brillando en la cartulina blanca pegada en el corcho de la clase. Con su nombre debajo: Juan Alonso.

—Estás mirando lo que ha escrito tu hermano, ¿eh? ¡Cómo te conozco! —me sorprendió maliciosamente mi compañero Manuel.

—Sí —le contesté—, es un soneto.

Aquel año creo que fue, como he dicho, uno de los más bonitos de mi vida. Al curso siguiente empezó sus estudios en la universidad y venía a verme cada cierto tiempo al colegio en que yo continuaba todavía. En cada visita le encontraba cambiado, diferente, aunque seguía manteniendo mi admiración secreta en el recuerdo. O tal vez era que yo mismo iba cambiando y le restituía sin querer, con el paso del tiempo, al lugar doloroso donde viven los mitos que se van derrumbando. Y así pasaron varios cursos más, mientras iba perdiéndole la pista que inexorablemente conducía a su propio destino. Pero todavía no podía dominar la emoción cuando al empezar un curso nuevo algún profesor o bien algún muchacho me recordaba: "Tú eres hermano de Juan Alonso, ¿verdad?; te pareces mucho a él".

Nunca entendí su poesía. Exceptuados los poemas de una primera época, cuando todavía cultivaba las estrofas clásicas, los temas sencillos de tipo trascendente o amoroso, toda su obra posterior se convirtió para mí en un galimatías indescifrable y confuso. Y eso en aquellas ocasiones en que podía acceder a sus escritos, puesto que con el paso del tiempo se fue volviendo más y más receloso hacia los que pretendieran husmear lo que consideraba una zona totalmente prohibida a extraños. Ni siquiera yo, desde que le confesé que me parecía incomprensible lo que escribía.

—No estás hecho para saborear esto —me respondió con frialdad.

Lo cierto es que yo tenía la impresión de que su poesía funcionaba a golpes brutales de pasión. Porque lo que no podía ocultar Juan era su cara, sus hábitos, su humor cambiante.

Aquellas veces en que sus historias coincidieron en épocas de vacaciones, que era cuando nos veíamos a diario, o simplemente porque la casualidad me hacía partícipe de algún borrador hurtado del fondo de la mesa en donde trabajábamos indistintamente, en casa; entonces era cuando yo podía hilar la seda de aquel corazón hecho exclusivamente para la pasión —hoy lo sé— y arropado en una férrea coraza de sufrimiento callado y de lucha feroz contra las palabras.

Eran esos días de largas sesiones frente a la máquina, o de alegría expansiva que manifestaba por doquier, cuando más levantaba en mí la sospecha de que el torrente amoroso lo estaba inundando. Su contento no tenía límites de ningún tipo; lo mismo podía escuchar música durante horas seguidas que caminar por el monte hasta llegar la noche. Jamás supe quiénes eran en cada momento el objeto de su atención. O tal vez lo confundía con algo menos concreto, que solo él podía comprender en su interior. Toda aclaración que intentara arrancarle se cifraba en un enigma.

—Las cosas interesan menos que las palabras —me dijo un día en que le sorprendí escribiendo por la noche, al llegar de una fiesta con las brumas todavía sin disipar de la bebida. Mi excitación y mi descaro me animaban a espolearle.

—Alguna tía te trae loco, ¿eh?

Ante mi ocasional pérdida de discreción él adoptaba una postura severa, como si quisiera advertirme que no se tocaba lo más sagrado en semejantes condiciones.

—¿Qué sabes tú, borracho de mierda? —me soltó como un disparo. Y se echó a reír de pronto—. Escucha lo que te digo —continuó—, cualquier mujer no vale ni una micra comparada con esto —y levantó un montón de folios con las dos manos, los sostuvo un momento en el aire y los dejó despacio, como si bendijera un cáliz.

—¡A ver! —y tomé uno de esos folios que él había posado sobre la mesa. No dijo nada.

No acerté a distinguir lo que allí se leía sobre la luz, sobre una mujer, en comparaciones y metáforas aparentemente hermosas pero que se me escapaban.

Sin lugar a dudas se aprovechó de mi euforia, porque continuó hablando sin ningún tipo de reparos.

—Ella, cualquiera de ellas, es una pura metáfora; la luz es la realidad, aunque te parezca lo contrario. La prueba de que la mujer más amada es irreal es que siempre cambia, mientras que la metáfora que la fija, permanece.

Sentado en el sofá y con el último güisqui a secas en la mano, su discurso se me hacía fragmentario forzosamente. Se me cerraban los ojos, no acertaba a entender por dónde había derivado la conversación hacia los escritores modernos, hacia el mundo literario, hacia todo el mundo…

—…una banda, te lo digo yo. Les importa la pose, salir en revistas y ponen el culo a la primera de cambio.

Imposible seguirle, imposible, dormido, casi dormido, me agarra, me incorpora, me zarandea suavemente por los hombros…

—¡A la cama, coño! —le oí ordenarme en voz alta.

Y una palabra, la última, anterior a la última, rondándome en los oídos, repitiéndose clara, de todas las que habían salido de su boca:

—¡Dionisiaco, dionisiaco, dionisiaco…! —la voz de mi hermano, la voz de Juan…

***

El vestíbulo del Juzgado era una estancia amplia, de techos altos y decorados con frescos realistas del diecinueve a juzgar por los motivos que en ellos se representaban. Sus grandes portalones permanecían abiertos durante toda la jornada, mientras en su interior se celebraban sesiones rutinarias hasta las ocho de la tarde. Más de una vez me había acercado hasta allí completando mis prácticas de Derecho, como mero observador y en un intento de familiarizarme con el mundo jurídico in situ.

Con las manos en los bolsillos por el frío que penetraba fácilmente en el interior, esperé durante unos minutos entretenido como otras veces en la contemplación del zócalo de cerámica de Talavera, con escenas históricas de la época en que el edificio fue palacio y cuna de reyes.

(En su Diario: "Hay un lugar hermoso, más allá de donde gobierna el viento helado. Paraíso donde el día es cálido y la noche apacible. Este es el lugar de los felices, pues una espada los protege contra el miedo").

Comprobé la hora un par de veces y tuve la impresión de que la aguja no se había movido de las siete. Extrañado por la ausencia de gente y sobre todo porque esperaba encontrar allí a mis padres, llegué a pensar que podía haberse aplazado el juicio o haber existido algún contratiempo. Volví a comprobar el reloj y ¡seguía en las siete! Lo acerqué al oído. ¡Estaba parado!

Franqueé la única puerta que conducía al interior y en el pasillo encontré a un ordenanza de uniforme, fumando y paseando de un lado para otro.

—¿Están en juicio en este momento, por favor?

—Sí, señor, han comenzado hace un rato.

—¿Qué hora tiene?

—Las siete y diez.

—¡Gracias! —y me interné rápidamente mirando de nuevo el reloj, lamentando por dentro la fatalidad de habérseme acabado la pila en el momento más inoportuno.

Entré a la sala y una vaharada de calor me dio en plena cara. Me dirigí despacio entre las dos filas de bancos hasta la mitad aproximadamente, donde había localizado a mi madre.

Mi padre no estaba. Me senté junto a ella y le toqué el brazo. Mi madre ni se inmutó, ni miró siquiera.

El Juez escuchaba con cara sorprendida en aquel momento. Mi hermano, sentado y con una pierna sobre la otra, parecía tranquilo y no levantaba demasiado la voz para hablar, lo cual interpreté como un signo favorable a su causa.

—¡Señor Alonso! ¡Señor Alonso! —repitió interrumpiéndole el Juez—, limítese a contestar solo —y recalcó la palabra— a lo que le han preguntado.

Cuando le oí contestar, aunque sin excitarse, que él no estaba allí solo —y también lo recalcó— para denunciar las bases de un concurso sin importancia, comprendí claramente que su error era mucho más craso que su habitual mal temperamento. Comprendí instintivamente casi que había optado por el peor de los argumentos ante un juez: la ironía o la paradoja.

Mientras el Juez le repetía una y otra vez: "No se le pregunta eso", observé al abogado de mi hermano rígido, haciendo, además de intervenir con una mano y apoyado con la otra en su bastón. Yo tenía el convencimiento de que aquel hombre, ciego como estaba, no reunía condiciones para el caso, por mucha experiencia que hubiese demostrado en anteriores ocasiones y por mucho interés que mi padre hubiese puesto por venirle recomendado. Curiosamente no había discutido con Juan en este punto. A mi hermano le bastó saber que era ciego para decidirse por él.

(En el párrafo de su Diario que continúa el anterior, dirá: "Hay un ángel extrañamente ciego. Mueve sus manos simétricas con la cadencia y la gracia de una balanza. Él es dulce pero firme. Él ve más allá de sus ojos quién entra y quién sale").

—Con la venia, señoría —pasó a su turno, por fin, el abogado de Juan—, ruego que se tengan en cuenta las razones de mi defendido como un paso previo para el mejor esclarecimiento del hecho.

—Aceptado. Prosiga.

—¿No es cierto —inició su intervención con un ligero movimiento de la cabeza que buscaba el lugar aproximado de mi hermano en la sala— que aquello en lo que se considera usted más agraviado es en su condición de escritor, y no, como pretende la defensa, en su orgullo personal por no haber sido elegido su trabajo para el premio?

—No solo no es cierto, sino que es inexacto lo que usted dice —respondió como un relámpago Juan, inexplicablemente, absurdamente, provocando de inmediato la sonrisa del Juez y la paralización completa de su propio abogado, que miró, ahora sí, al lugar exacto donde se encontraba su defendido, con la mirada vacía y la expresión extrañada.

—Bien, ¿puede explicarnos por qué? —añadió atónito el abogado en un tono que no ocultaba su perplejidad.

—Porque yo no siento ningún orgullo de mi condición de poeta, de poeta y no de escritor. Porque hay una diferencia…

—Señoría, protesto —intervino la defensa.

—Protesta denegada —continúe.

—Tranquilo —reinició mi hermano su intervención dirigiéndose con ironía al abogado defensor—, que no voy a explayarme sobre esa diferencia… Pero yo no defiendo aquí mi propio caso sino los de todos los poetas…

—Protesto, Señoría…

—Denegada…

—Defiendo —continuó Juan subiendo más de lo prudente el tono de voz— los casos de todos aquellos que son vejados impunemente por una sociedad que los convierte en una cuadrilla de locos o de bichos raros. Los defiendo contra la falta de seriedad de los mecenas culturales, de las instituciones que los manejan como títeres, o como monos de feria para exponerlos cuando les interesa, y cuando no es así —como ahora es el caso—, los abandonan, los desprecian y los silencian. Defiendo —remató casi gritando, con los puños crispados— el sagrado derecho de estos enviados de los dioses.

En uno de los primeros bancos de la parte derecha vi a Pepín Costas, amigo íntimo de Juan, con la cámara colgada al cuello, con un traje impecable de color crema. Buscándome con su mirada, movía la cabeza de un lado para otro.

Mientras la defensa se recreaba a su antojo con los argumentos "universales" de mi hermano, comprendí otra vez que el error de Juan era de forma, de sus propias formas mentales que lo traicionaban.

Porque él no podía entender que aquello era un juicio, un sencillo juicio declarativo de menor cuantía (me hubiese gustado poder contárselo al oído) y no un juicio de Dios; y que allí se estaba fijando el objeto litigioso, por mucho que él hubiese solicitado la presencia en la sala de Pepín Costas para dar publicidad a través de la prensa de su universal agravio, para poner ante los ojos de la humanidad entera, como un eccehomo, la crucifixión de un poeta. El Juez, sin duda, no lo entendería así.

—¿Y cree usted —le interrogaba ahora la defensa— que la cantidad que reclama es el precio justo para paliar este agravio?

—Para restañar esta herida, este daño —dijo Juan con cansancio—, no hay dinero en el mundo.

No había remedio para él, estaba por encima de toda justicia y de toda ley. Supe que perdería.

Había solicitado treinta mil euros de indemnización, tal y como me había informado mi padre, y podía haber solicitado trescientos mil que habría sido igual. En la contestación a la demanda le habían denegado, como procede en estos casos, los fundamentos de derecho. Ahora él mismo se estaba liquidando hasta la más mínima posibilidad de compensación, porque inconscientemente era eso lo que pretendía.

***

Hacía dos días que había cogido las vacaciones de Semana Santa cuando me encontré con Pepín Costas en la calle, camino del periódico, siempre vestido con pulcritud y con la cámara colgada al cuello. Inevitablemente la conversación giró en torno a mi hermano. Durante el último mes más o menos —según me contó—, se habían mantenido en contacto por teléfono, porque mi hermano al parecer estaba preocupadísimo por que saliera en el periódico la noticia referente al juicio, tal y como en su momento le había prometido Costas.

Aparentemente el tema del juicio había dejado de interesarle en lo relativo a la sentencia, que por otra parte le había sido desfavorable, aunque según Costas él lo minimizara con una actitud que su mejor amigo calificó de "patológica". Yo sabía que mi hermano recibía normalmente correspondencia en casa de mis padres y que no me sería difícil leer la conclusión del proceso.

Tal vez no les di demasiada importancia de entrada a los calificativos que Pepín Costas empleó para enjuiciar la actitud de mi hermano en sus últimos contactos, pero el hecho es que me insistió muchísimo en que tomáramos un café juntos en el "Velero", porque quería comentarme otras cuestiones que esta vez calificó de "delicadas".

Antes de sentarnos a una de las mesas junto a una gran cristalera que dejaba ver la Plaza de Santa Engracia, Costas deambulaba con su mirada azul y brillante, pensativo, por el centro de la plaza, inhalando hondamente las caladas de su cigarro, mordiendo la boquilla y dejando pasar a chorros el humo por su nariz. Los árboles desnudos hablaban del final del invierno mientras el camarero adolescente se demoraba con nuestros cafés, entretenido en su charla con las colegialas que a esas horas comenzaban a llegar.

Hizo un gesto al mirarme, enarcando las cejas, y me abordó directamente:

—¿No crees con sinceridad que Juan necesita ayuda?

—¿Qué sucede, Costas? —le inquirí preocupado.

—Nada, pero creo que tu hermano está enfermo.

Me contó entrecortadamente y con cara de preocupación que había hablado cuatro o cinco veces con él durante estas últimas semanas, y que le había encontrado muy raro; que repetía mucho las cosas y que estaba obsesionado con la injusticia y la falta de responsabilidad y no sé con cuántas cosas más; que le estaban tomando el pelo. A veces —me dijo— pierde el hilo de la conversación y se enfrasca en disquisiciones altisonantes sobre los poetas, entre carcajadas, o en improperios contra los consagrados. Terminó diciéndome que a lo mejor estaba excesivamente cansado y que convenía que se olvidara un poco de sus preocupaciones.

—Voy a serte sincero: no estaría de más que hiciera una visita a un psicólogo.

Se quedó callado un instante y debió de recordar algo, porque inmediatamente las palabras volvieron a salir disparadas de su boca.

—Mira, el último día que he hablado con él me ha soltado un rollo terrible sobre una editorial a la que había llevado un par de trabajos, y por lo visto no les habían gustado. No hacía más que repetirme: "Ininteligibles…, pero ¿qué coños entenderán ellos de poesía?" Y se enredó en una maraña de palabras recitando poemas oscuros de autores barrocos, citándome párrafos enteros que parecían proceder de obras de crítica literaria, poniéndome ejemplos de poemas suyos... "No se venden, Pepín, eso es lo que pasa, que las palabras de los poetas no se venden" —terminó diciéndome.

(Sí, ahora, por fin, lo he visto claro; a pesar incluso del delirio de sus notas finales en el Diario: "...una tierra maravillosa, donde los poetas se sientan bajo las copas de inmensos avellanos, junto a los ríos; un lugar de bosques inacabables y aldeas rodeadas de campos dorados de trigo, donde nadie contamine con mano de hollín ni nadie ensucie la luz con el aliento espeso de su podredumbre... Venid a mí los perseguidos por causa de justicia. Venid a mí los mansos. Venid a mí los limpios de corazón...").

Después de dejar a Pepín Costas me fui a casa muy preocupado, con la intención de llamar por teléfono esa misma noche a mi hermano. Por el camino se me abría una ciudad como un inmenso crespón colgando de ventanas y balcones, velando con un tono negro las luces variadísimas de la noche. En una de las calles tuve que pararme al paso de una procesión lenta y silenciosa. Una doble y larga fila de siniestros encapuchados. Un único redoble luctuoso acompañando al Cristo de la Buena Palabra. Un Cristo con cara amarga que parecía estar a punto de llorar...

Al llegar al piso me dijo Manuel, mi compañero de trabajo, que me habían llamado de casa. Marqué el número de teléfono y pensé brevemente cómo explicarle a mi madre lo que estaba pasando.

—¡Sí! —oí la voz entrecortada de mi madre.

—¡Hola! ¡Soy yo! —el corazón me palpitaba extrañamente, intensamente.

Fue entonces cuando lo supe:

—Hijo... tu hermano... se ha cortado... Está en el hospital... —y adiviné casi su gemido prolongado.

Me quedé estático, con el teléfono en la mano, sin saber qué hacer. De pronto, me urgió la necesidad, sentí náuseas y corrí desesperadamente al servicio vomitando por el pasillo.

Problemas eléctricos

"Entonces dijo Dios: Haya luz; y hubo luz". Génesis

"El Demiurgo debía de ser un embrollón y no sabía hacer el mundo como es debido". El péndulo de Foucault, H. Eco.

Se acostó tarde, malhumorado por los inconvenientes surgidos sobre la marcha, incapaz de encontrar la caja de registros que le permitiera orientarse en aquella tiniebla; y para colmo, cuando dio con el enchufe y conectó la lámpara, un chispazo seguido de un estallido seco le sumió en la desesperación.

"Tenga, aquí tiene las llaves, ocúpelo cuando quiera", le habían dicho.

Tardó en hallar el sueño, nervioso y sobreexcitado, pero luego durmió toda la noche de un tirón largo, perdido en un sopor profundo como un vacío o una muerte.

Antes de dormirse dio muchas vueltas en el lecho, giró muchas veces sobre sí mismo, con una incómoda sensación de estar reposando sobre algo desconocido. No se hubiera atrevido a decir que estaba en una cama. Le parecía demasiado mullido, como si tuviera un delicadísimo colchón de lana. Por eso, momentos antes de caer definitivamente, tuvo la impresión de estar flotando.

Ensayó todas las posturas. Tendido boca abajo, con los brazos extendidos a lo largo del tronco, las palmas de las manos vueltas; boca arriba, con los brazos en cruz y las piernas completamente abiertas, formando un aspa con todo el cuerpo; o tendido sobre un costado (aunque a veces sintiera algo como un pinchazo doloroso en las costillas), recogidas las piernas y los brazos estirados con las palmas de las manos juntas hasta esconderlas entre las rodillas. En esta postura se durmió.

***

Cuando abrió los ojos, le pareció que había estado descansando una eternidad. Imposible tener ninguna referencia de tiempo: el reloj no se había inventado para él. Pero debía de ser de noche aún porque la más absoluta oscuridad lo invadía todo. Era una sombra densa, sin huecos para el más ínfimo rayo de luz. Como si estuviera en una noche cerrada, sin luna y sin estrellas.

La sola idea de incorporarse le dio miedo. Sentía todo su cuerpo atrofiado y era muy posible que si se levantaba tropezara con alguna cosa. Además, la oscuridad le hacía perder el sentido del equilibrio.

Mejor quedarse así. Primero tenía que desperezarse. Estiró los brazos y bostezó repetidas veces. Se llevó la mano a la boca y comprobó que tenía mucha barba. Pensó en arreglársela en cuanto pudiera. La barba le sentaba bien. La forma excesivamente triangular de su rostro se veía favorecida en cierto modo con este pequeño detalle. Se frotó los ojos, se pasó la mano por los cabellos también un poco largos. Notó los grandes surcos de su frente y recordó que era muy viejo.

Con los ojos muy abiertos, forzando la vista por querer penetrar aquella negrura, creyó verse a sí mismo con las pupilas rojas como dos brasas.

No consiguió ver nada. Ni siquiera recordaba lo que tenía que ver, la carga de los bultos pesados que, como una adherencia, había traído arrastrando hacía algunas horas, o algunos días, o algunos años, porque desde siempre se recordaba errabundo y noctámbulo.

Extendió la mano con intención de palpar algo que le evocase su pasado. La mano cayó en el vacío. "Nada —se dijo—, debo de estar dormido todavía y soñando".

Y sin embargo, sabía que estaban allí, todo un mundo de objetos informes, de formas por precisar, de materia que se aclararía con la luz y que tomaría un nombre.

La impaciencia se apoderó de él. Se sorprendió a sí mismo, tan viejo, sintiendo aquella urgencia. En toda su dilatadísima vida no había sentido tanta premura. Pero ahora lo anhelaba, lo deseaba y lo quería. No pudo esperar más. Entonces concibió la idea. A él le pareció feliz.

***

Se incorporó y aventuró sus piernas a un espacio desconocido. Tropezó con algo. Sintió un dolor fuerte en los dedos de un pie. Tuvo que gritar. Se sentó otra vez en el lecho frotándose la parte herida. Se prometió a sí mismo no dar un solo paso sin antes haber inspeccionado detenidamente cada palmo de aquel ámbito. De pie nuevamente, a tientas, se aseguró de que el círculo que abarcaban sus manos estaba franco de obstáculos. Dio un solo paso y se detuvo. Repitió otra vez la operación de prospección moviendo los brazos, como un títere dislocado. Nada. Otro paso corto. Inició el movimiento y sus manos rozaron una superficie dura, fría. Sonrió sin saber por qué. Se asió al objeto y lo recorrió despacio. De textura angular y lisa, con amplios vacíos en su estructura, estaba rematado simétricamente por dos pequeños adornos en forma de pináculos. Pensó que aquello sería una silla. Buscó la parte del asiento y retirándola ligeramente se sentó.

Cómodamente, más relajado, dio un respiro de descanso. Entregó las manos al aire en un buceo suave y regular y, bajándolas muy despacio, posó otra vez sobre algo sólido, rugoso, de trazado circular, asentado firmemente en largos y pulidos poliedros. Y comprendió que podría ser una mesa.

Cada vez más animado, pasó sus manos por toda la extensión que tenía a su alcance. Sus dedos se enredaron en una serpiente retorcida pero elástica, de dos conductos paralelos a modo de lomos, con una hendidura en medio. Era la única y fija idea que le había inquietado toda la noche: la lámpara; lo único que recordaba anterior al tiempo en que estuvo dormido, anhelado posteriormente cuando abrió los ojos.

Tiró del cable y la situó cerca de sí. Su primera operación fue averiguar su forma, precisar mentalmente sus contornos. De base circular y abombada, estaba hecha de una materia suave solo alterada por incrustaciones dispuestas en línea. Un interruptor, evidenciado por un suave aunque inútil movimiento ascendente—descendente, seguido de un doble sonido crac—crac; un hundimiento leve en la parte más alta de la superficie cóncava, en cuyo nido se palpaba una pequeña protuberancia o tuerca, sin duda, que tenía su correspondencia en la cara posterior de la base circular; un largo brazo, finalmente, de helado metal, que ascendía en un retorcido caracol, combándose como un cuello de reo. Y en la parte alta un hongo o sombrero para encauzar la proyección que, efectivamente, albergaba bajo su sombra protectora la boca del portalámparas con una bombilla puesta, soplo cristalizado, delicadísimo globo en espera de aliento. "Bien —se dijo—, ha llegado la hora de comenzar. La toma de corriente no puede estar lejos".

Se puso en pie. Sus piernas ahora le parecieron más poderosas que nunca, su decisión irreversible. Se apoyó con una mano en la mesa y con la otra buscó la consistencia de la pared en la masa de sombra. Tocó materia y las palmas de sus manos oscilaron por una corteza correosa como el barro. Nada, nada. Ascendía y descendía, y terminó arañando con rabia. Nada. Se arrodilló y acometió con celeridad los bajos de aquel muro. ¡Al fin! ¡Un punto en la inmensidad de la pared, una oquedad es lo que buscaba! Ahora solo necesitaba tomar el enchufe y comprobar que allí estaba la fuente y el secreto que reavivaría las sombras. Pero una vez más la impaciencia le devoró. No pudo esperar. Contrajo el rostro y metió los dedos. Una descarga cruel le hizo estremecerse, el mismo desgarrón que si se hubiese metido los dedos en sus propios ojos. Dejó pasar un instante el estremecimiento. Luego continuó. Volvió a gatas al lugar supuesto donde había dejado la silla. Tomó el enchufe. Regresó. Conectó de nuevo. ¡Plaf!, una vez más el estallido seco.

"Es cierto que a ciegas estoy ante un imposible, pero es más verdad que tengo que saber el final de esta locura. Tengo que arreglarlo", así habló.

Desenroscó la bombilla, la agitó junto a su oreja —no parecía fundida—, desenroscó el portalámparas, el sombrero protector. Con las uñas desenroscó a su vez las uniones del cable con el casquillo portalámparas. Con la uña consiguió hacer girar el dispositivo que sujetaba la tuerca por la parte inferior de la base. Todo lo dispuso con cuidado sobre la mesa. Todo estaba allí pero un error, un extravío de alguna pieza, podía ser fatal. Si algo se le caía, sería como buscar en el vacío, en la pura inmensidad de la nada.

Súbitamente se le atropellaron las ideas, ideas funestas le cruzaron la mente: ¿y si el cable era tan viejo como él y estaba tazado por alguna parte?, ¿y si el problema estaba en el interruptor, complicadísimo artificio donde había que actuar con detallada minuciosidad? Tardaría siglos… No se arredró. Nada importaba, aunque tuviera que revisar palmo a palmo cada trozo de aquel sistema ciego.

Pensó que lo inmediato era destruir la conexión con el interruptor. Puesto que no funcionaba, mejor dirigir la corriente directamente a la lámpara.

Detectó en la base el punto en que el cable se dividía en dos. Con las yemas de los dedos trazó varias veces el recorrido. Finalmente se decidió. Tiró de una parte. La arrancó de su sujeción. Tocó los filamentos que sobresalían del cable. A tientas, con cálculo, sirviéndose de las uñas, de los dientes, empalmó en una sola vía el cable.

"Ya está", declaró. Enroscó de nuevo, torpemente, casquillo, portalámparas y bombilla. Se levantó. Probó. Conectó. ¡Plaf! Desconectó. Se quedó parado, descorazonado, abatido… Resopló. ¿Dónde estaba el fallo?

Nuevamente desarmó todo. En un extremo de la mesa dejó los menudos tornillos y las tuercas del casquillo portalámparas; en el otro, la misma operación con los de la base; en el centro, todo lo demás. Reflexionó.

Para trabajar con más comodidad, tiró del cable que asomaba por la parte alta del brazo flexible. Lo que quedaba de lámpara discurría ahora libremente por el cable conductor, como un armazón inútil. Lo posó en el fondo de la mesa. Inerte, se le imaginó un cuello decapitado.

Recogió un poco más de cable y notó el tope. Se sorprendió. Había creído deducir una mayor largura en él. La toma estaba por lo menos a dos pasos de allí. No podía ser. Se dispuso a comprobar rigurosamente su extensión. Ató un nudo en el extremo del brazo y desde el orificio de salida, por la base, dejó deslizar los dedos. No había recorrido un metro y topó. ¡Rediós! ¡Era otro enchufe! Ahora lo comprendía. Un enchufe que no había detectado, un ladrón y un nuevo enchufe del alargador que llevaba el cable dos o tres metros más allá, hasta la toma.

Las deducciones surgieron también en cadena. Puesto que había repasado lo otro, tal vez el fallo estaba en este enchufe de la lámpara. Lo sacó del ladrón, lo tocó con la punta del dedo, notó el filamento desnudo, sin ningún aislante. "O aquí, o nada", así habló.

Presionando, desenroscó las clavijas. Las hendiduras de las piezas metálicas se le clavaban en la carne dolorosamente. Peló con los dientes el extremo del cable. Enredó los filamentos en los extremos de las clavijas y enroscó. "De aquí depende todo lo que está por venir", así habló.

Convencido de que había dado con la clave, conectó apresuradamente el enchufe al ladrón, el ladrón al alargador, el cable al casquillo portalámparas, la bombilla al portalámparas. Se levantó. Solo había que conectar el alargador a la toma… "¡Santo cielo, por fin!", así habló.

Se detuvo un momento. Descargó un puñetazo de ira sobre la mesa, que retembló en aquel espacio. ¡Había olvidado montar el sombrero, la capucha protectora…!

"¡Mierda!", así habló. "En todo caso, la pondré después de conectar", se consoló. Se dirigió a la toma. El enchufe temblaba en sus manos. Conectó. Y la luz se hizo.

Aturdido primero por el resplandor, arrobado después, se quedó mirando tontamente aquel chorro de destellos opalescentes que brotaba en haces de hermosura de aquel esqueleto sin base ni copa. Miró en derredor suyo y vio desorden. Pero antes de nada, tomó una hoja en blanco y escribió: ¡Háganse la luna y las estrellas!

Los ojos

Reconozco que la primera vez que la vi me provocó una sonrisa de conmiseración conmigo mismo, pero lo cierto es que por aquel entonces estaba yo muy lejos de sospechar lo que vendría más adelante. Lógicamente, atribuí a otras causas lo que me estaba sucediendo.

En mi habitación de estudio, tumbado sobre la cama y con un cigarrillo permanentemente encendido entre los dedos, eran los problemas de ajedrez los que ocupaban mi atención; o mi ensimismamiento, porque desde siempre he tenido una cierta obsesión por los temas que me han preocupado en cada época de mi vida; de forma que no puedo dedicarme a otra actividad que se aparte de la que considero primordial e inexcusable, bajo riesgo de perder la concentración y con el agravante de unos nervios que se me afilan hasta producirme fiebre. Claro que esto va por temporadas, aunque a veces ha sido nefasto para mi trabajo. Y precisamente el ajedrez, que es un juego que crea dependencia como ningún otro. Sirva por vía de ejemplo las siete horas sin interrupción que me pasé jugando el primer día que compré una máquina de dieciséis niveles. ¡Fue algo horrible!

Me imagino que estas cosas van con el carácter y actúan en nosotros a modo de síntomas, atisbos o pequeños indicios psicológicos referentes a nuestra propensión a ciertas enfermedades, patológicas, esas sí, como la neurosis, o mejor, la esquizofrenia.

A decir verdad, en aquella ocasión me había acostado inducido por una necesidad vaga de malestar. En otra coyuntura yo mismo habría estado dispuesto rápidamente a reconocer que el ajedrez me había jugado otra mala pasada, en el sentido de producirme cansancio mental y consiguientemente esa especie de alucinación que todos los ajedrecistas conocen, que consiste en ver volar los caballos a su antojo por encima de los muebles de la habitación, los desplazamientos tortuosos de las torres rompiendo toda lógica, o las encarnizadas travesuras de la dama; pero no era eso… porque el ajedrez había llegado después del malestar. Lo había utilizado como excusa o como remedio para algo que me estaba sucediendo con anterioridad. Me alarmé un poco.

Traté de acomodarme disponiendo la almohada sobre mi cara para negar toda posibilidad a cualquier tipo de imagen. Me sentí como transportado, en un estado semejante a ciertas fases de la embriaguez, en las que uno mismo tiene la impresión de contemplarse levitando sobre su cuerpo; o quizá mejor, bajo los efectos de jachís —según dicen—, mareado pero sin ninguna sensación de incomodidad corporal… no puedo describirlo con precisión.

Ensayé una nueva técnica: apretando con fuerza los ojos cerrados, intenté recordar los objetos de la habitación situándolos en sus lugares exactos. No resistí así mucho tiempo y cuando cedí en mi empeño, mi sorpresa fue mayúscula: ¡aquella no era mi habitación! No estaba soñando, eso era seguro, pero aquella era otra habitación desconocida hasta entonces para mí, en otro lugar igualmente desconocido.

A los pies de la cama y a la izquierda estaba la puerta, de un blanco deslucido tirando a amarillento; al fondo, un gran armario de madera llenaba prácticamente la pared; muy antiguo, de tres cuerpos, con el central coronado por un motivo vegetal tallado; a mi derecha había una mesa de escritorio abarrotada de libros, y entre la mesa y el armario se abría una ventana amplia, de las de guillotina, con la parte superior levantada; el papel que decoraba la estancia me pareció pasado de moda, con algo parecido a rosetones de color azul que en parte me tranquilizaba.

Desde mi posición busqué con ansiedad otra vez la ventana dirigiendo oblicuamente la vista a la derecha, y entonces fue cuando la vi. ¡Estaba allí! No era un sueño. Levemente ladeada hacia el exterior. Desnuda, alta, con el cabello rojo y revuelto, pálida, perfecta. Fuera se dejaba ver un enorme castaño exuberante de flores rojas…

Apreté otra vez desesperadamente los ojos para espantar aquella visión. Volví a abrirlos… Mi habitación era la misma de siempre. Al fondo, un póster descolorido de mi época de estudiante: Einstein, desgreñado y burlón, me sacaba la lengua. Sonreí tontamente…

✳✳✳

El accidente dividió mi vida en dos mitades opuestas: el antes incuestionable y el después impredecible. Parece una obviedad y no es extraño que una circunstancia de este tipo conmocione a fondo la vida de cualquier persona, pero en mi caso fue clarísimo el contraste entre la percepción de la realidad que tenía antes y la que vino después del suceso.

Mi padre era maestro. Él me imbuyó desde mi más temprana edad el amor por las Matemáticas. Consciente de mis aptitudes en este campo del saber y de mi más que notable inteligencia para la abstracción, él mismo forjó lo que después sería un temperamento sólido, sin fisuras, una voluntad indomable, una capacidad de trabajo arrolladora. Siempre quiso que fuera catedrático, como una prolongación más perfecta y conseguida de su trayectoria docente, como un apéndice de su misma persona. Yo me limitaba voluntariosamente a darle gusto en sus caprichos, con sinceridad, un poco por temor.

Recuerdo que, en cierta ocasión, estando yo al final de mi bachillerato, me sorprendió accidentalmente unos papeles en los que había estado garabateando mi amor adolescente por una compañera de clase (todavía hoy aflora su imagen en mi cabeza con la ternura inicial), y como era habitual en él, con la ironía fina que le caracterizaba en aquellas ocasiones, me dijo mientras comíamos:

—A las muchachas se las conquista con sobresalientes en las "optativas", no en las "marías".

Aquel curso obtuve sobresalientes en Física y Química y en Matemáticas Especiales, pero el tiempo del amor todavía no había llegado.

En la Facultad cobré fama de "Pitagorín" y llevé con harto disgusto el hecho de tener que ponerme gafas, que evidenciaban aún más mi apodo y acentuaban mi aspecto de estudioso. El tiempo y mi fuerte personalidad harían que todas estas cosas se fuesen transformando en motivos interiores de orgullo o de desprecio, según se mire, hacia todo lo que no era coherente con mi propio concepto de la vida. De esta manera precisamente conocí a Inma. Ella era hermana de un tal Pepe Costas, individuo con el que yo había mantenido una relación tangencial en el Colegio Mayor donde ambos nos hospedábamos. Costas era compañero mío de carrera y sin duda un alumno brillante, pero no era de mi grupo ni de mi estilo. En cierta ocasión habíamos tenido un pequeño roce con motivo de una convocatoria para subir nota en una de las asignaturas. Deliberadamente le dije que no tenía conocimiento de tal convocatoria. Me caía mal. Cuando se enteró con posterioridad de mi matrícula de honor, ironizó mi "despiste en ciertos asuntos". No volví a hablar con él y, por supuesto, jamás le desmentí mi debilidad.

Pero la gota que colmó el vaso fue a raíz de aquellas novatadas en las que conocí a Inma. Estaba yo una noche en el "León de Oro" tomando una copa solo y apareció Costas con un grupo de nuevos colegiales dando el escándalo, desfilando todos ellos a la manera militar. Cuando les ordenó hacer el "alto", les mandó numerarse por un curioso sistema que consistía en decir "un palito", "dos palitos", etcétera, de forma que cuando llegaba el cuarto y decía "cuatro palitos", él armaba una gran escandalera reprendiendo al "mozo", insultándole e incluso dándole algún cachete:

—Idiota, le he dicho a usted que se dice "palito uve" —le voceaba ante una concurrencia despreciable de estudiantes que reían la broma.

Y sucedió que en un momento del desfile, el citado Costas me mandó, continuando con las chanzas, una misiva por medio de uno de aquellos inocentes. Sin pensarlo un momento, dije:

—Dile a Costas que venga él con el recado.

Cuando el "soldado" volvió con la respuesta, noté que al "sargento" no le había gustado la contestación. Se acercó a mí despacio, con los botones de la camisa desabrochados hasta la mitad y enseñando el vello del pecho.

—Tú siempre de aguafiestas —me dijo.

—Costas, eres muy gracioso cuando te emborrachas hasta las patas —respondí.

Cuando quise darme cuenta, Costas, ágil, de complexión fuerte y nerviosa, me había soltado un puñetazo en plena cara que me echó al suelo.

La gente se arremolinó sorprendida con intención de separarnos, pero yo no pude levantarme. Todavía un poco mareado, susurrando débilmente improperios contra él, me encontré en el servicio con los labios sangrándome y atendido por unas manos de mujer que un poco más tarde, entre sollozos, me confesaban su identidad: era la hermana de Costas.

Terminé brillantemente mis estudios y mi padre me regaló lo que siempre había deseado: un coche. Era de importación, alemán, compacto y poderoso. Los primeros meses disfruté conduciéndolo. Al cabo de un tiempo perdí el interés. Me serví de él durante varios años, los primeros de mi matrimonio con Inma, justo hasta el día del accidente.

Iba con un poco de prisa, concentrado en algunos aspectos de mi ponencia que me creaban paulatinamente un nerviosismo reflejado en el acelerador. Conducía a ratos con agresividad, haciendo adelantamientos imprudentes. Era uno de los primeros Encuentros Docentes de Metodología Matemática. Para mí suponía el reconocimiento de mis investigaciones sobre sistemática de los logaritmos. Me fiaba mucho de las prestaciones del coche. Atrás quedaban, humillados, algunos vehículos menos potentes que el mío. Iba deprisa y me daba cuenta. Hubo un momento en que puse la radio por distraerme de mi objeto. No podía. La apagué. No había dejado de encender cigarros desde que salí de casa. Bajé la ventanilla automática y un enorme bocinazo de aire invadió el interior. Me sentí despejado. Notaba el resoplido del coche en los cambios de marcha —como el piafar de un gran caballo—, sensación que propiciaban algunos badenes dispersos a lo largo del trayecto. Al cabo de un rato volví a sentirme nervioso y agresivo, incluso con la ventanilla abierta, pensando en algunos colegas, ínfimos numerarios de planteamientos pobres y poco claros que yo conocía a través de revistas especializadas. Tenía intención de rabatirlos contundentemente.

Vi el indicador de treinta o cuarenta kilómetros para el final del trayecto. Entraba en autovía. Hundí el pie en el acelerador, como una espuela hiriente, y el coche voló. Situado en el carril de la izquierda, me limitaba a mantener el intermitente encendido y pasar, pasar rasgando el aire.

Desde la entrada en la autovía me había molestado el sol, que a ratos caía justo enfrente y me cegaba de forma incómoda. Oí algún pitido y creí escuchar una voz que seguramente me llamaría loco.

A unos siete kilómetros del final —después lo he sabido—, la autovía se parte en dos direcciones opuestas. Me situé a la derecha y di el intermitente. Instintivamente levanté la vista al indicador suspendido en el aire —quizás me cegó el sol— y en décimas de segundo comprendí mi dirección equivocada. Giré de un volantazo a la izquierda. Vi la dirección correcta entrando en un túnel. Un gran estrépito. Un gran silencio. Flotaba en un túnel extraño… Oía una voz…

***

Frente al espejo me pregunto a quién habrán pertenecido estos ojos. Con ellos mi rostro ha adquirido otra expresión diferente que no acierto a describir. Aunque últimamente paso tanto tiempo observándome, que ya no me extraño de descubrir en mi rostro al cabo de un rato sutiles matices antes desconocidos.

¿Parezco un hombre diferente o es un espejismo? Me pregunto si cualquier hombre sentiría este mismo efecto realizando lo mismo que yo. No, es obvio, porque cualquier hombre no tiene unos ojos prestados, por decirlo de una manera desenfadada que le reste importancia al asunto.

Parece mentira pero desde que he tomado el espejo por rutina jamás se me ha ocurrido plantearme la cuestión fundamental: su utilidad. ¡Quién lo hubiera dicho conociéndome! Y no es que haga juicios constantes sobre ellos, pero mi atención se dirige sobre todo al resto que no sé, a la parte inmensa que les falta a estos ojos y que alguien sostuvo en alguna parte, ¡quién sabe de qué manera!

Mi única referencia es su color. Algo debe de quedar en mí todavía de mi temperamento deductivo, porque aquí sí hago cábalas que me aporten alguna información. Son unos ojos entre azules y grises, no exentos de belleza: sí, ahora lo he dicho, son unos ojos bellos. Tal vez sea la única cosa de la que me siento seguro desde que inicié mi convalecencia en casa. Me gustan su color y su honda expresión. Esto es lo único que puedo confesar sobre ellos.

Incluso he llegado a observar, asomado una mañana de solillo tibio de esta primavera, que al contacto con la luz se aclaran, se hacen más azules, mientras que en condiciones normales, dentro de casa, permanece su tono grisáceo.

La vida en casa se me hace a ratos insoportable. Vuelvo continuamente al espejo. Inma se ríe de mi manía persecutoria, pero un hombre como yo no está acostumbrado a esta inactividad. Y el caso es que los médicos me han dicho que va para meses, que me lo tome con calma. Por lo visto, lo de los ojos solo ha sido una parte del desastre, porque todo mi cuerpo ha sufrido una conmoción semejante a un descoyuntamiento. Estuve veintiocho días en coma, sin esperanza para nadie, y otros ocho meses en el hospital, destazado literalmente por dentro, invadido por mil aparatos rarísimos, arañado por la muerte.

Del accidente he tardado tiempo en hacerme una composición aproximada. Tal vez conservo una sensación fuerte de quemazón en los ojos, que concuerda con la versión médica de que fueron los cristales de las gafas los que me los desgarraron en el impacto. Aunque eso no fue nada comparado con lo sufrido en el resto del cuerpo. Pero no sé por qué motivo he tomado esta fijación con los ojos. Tal vez por su extrañeza, o tal vez porque no son míos.

Fue una auténtica suerte la oportunísima donación que me hicieron, y más el trasplante, que resultó totalmente satisfactorio. No me puedo quejar.

—Eres un privilegiado. Hemos tenido suerte por su compatibilidad y por tenerlos tan oportunamente. Por lo visto eran de un excéntrico —comentó el doctor Puente Villar, y puso un tono de discreta reserva en la voz.

Además, una operación de esta naturaleza era de las primeras que se hacían en nuestro país.

—Se puede decir que eres la consecuencia de un milagro médico —añadió el doctor—; hemos conseguido engarzar el nervio óptico. ¡Un milagro!

Pero ¿quién fue el hombre que me permitió volver a ver la luz? Es una cuestión que forzosamente ha de comprenderse que me pregunte. ¿Cómo murió? ¿Cuánto amó y sufrió? A veces la curiosidad me pide respuestas concretas.

O el aburrimiento. Porque ni siquiera la lectura tiene la virtud de entretenerme. Bien es verdad que alguna tarde he intentado sentarme a mi mesa de trabajo con intención de hojear alguna cosa referente a mi profesión. Incluso compré hace tiempo, recién salido del hospital, algunos libros de interés para el tema de mi antigua ponencia, con intención de profundizar en algunos aspectos que entonces no había madurado del todo. Pero, claro, yo no contaba con esta desgana, con esta especie de desinterés que parece tener causas fisiológicas.

Porque sinceramente creo que la vista se me cansa mucho más que con mis antiguos ojos. En alguna ocasión he llegado a pensar que les molesta la luz eléctrica, como si no estuvieran habituados. Yo siempre he leído, acostumbrado desde estudiante, ayudándome de un brazo de luz de bastante potencia, con bombilla azul de cien vatios, o sesenta como mínimo. Pero actualmente, ya digo, se me hace insoportable casi encender la lámpara. Y termino dudando de si es el desinterés lo que motiva el cansancio o a la inversa. ¿O tal vez nunca leyó el hombre que me dio sus ojos? Es conveniente evitar estas preguntas. No sé, creo que estoy empezando a confundirme a mí mismo.

Curiosamente me produce un gran bienestar cuando me asomo al balcón de casa, esos ratos en que ya no sé qué hacer, acodado y con la mirada dirigida a los pocos árboles que desde aquí se pueden contemplar. Es reconfortante. Muchas veces había oído que el color verde tiene un efecto balsámico para la vista cansada. Antes del accidente procuraba taparme los ojos cuando había estado un buen rato leyendo, y concentrarme en cualquier cosa que fuera de color verde, una chaqueta, o un árbol cercano, o simplemente una pradera imaginaria.

Pero ahora estoy empezando a entender de verdad qué sentido tenía aquello. Me atrevería todavía a ir más lejos en mis observaciones: creo que no es solo un efecto de relajación sino una sensación de alegría; como si el verde no me dejara impasible y lo sintiera más, o lo experimentara con más afectividad que antes. Comienzo a pensar que soy otro hombre distinto.

***

Me interesa dejar constancia de dos hechos que por su trascendencia constituyeron, al menos para mí, otra prueba más —esta vez verificable— de la existencia de algo más que una simple obsesión personal mía. Por otra parte, hoy encuentro en esta declaración un cierto alivio en mi conciencia, que me justifica al mismo tiempo de las decisiones adoptadas como consecuencia final de todo el asunto.

Ya he dicho antes lo dificultosa que me resultaba la lectura a pesar de mis tentativas por combatir el aburrimiento de la convalecencia. Una tarde, por casualidad, se me ocurrió comprar el libro original de una película adaptada que había visto con Inma, constantemente preocupada por ofrecerme alternativas a mi desgana, empeñada en que me convenía pasear y distraerme, y en el fondo intuyendo que la inactividad estaba empezando a afectarme de una forma peligrosa, que ella resumía en bromas diciendo que donde más me había afectado el accidente era en la imaginación.

El libro es conocido, se titulaba "Muerte en Venecia", del escritor Thomas Mann, y la película tenía el mismo título. La de Visconti. Antes me gustaba sobre todo ver películas de acción o históricas; el cine intelectual siempre me ha desagradado, convencido como estaba de que este arte era más que nada una distracción. Y eso era lo que esperaba encontrar también en el libro, una distracción a mis males.

A las pocas páginas comprendí ya cómo se aparta un texto escrito de algo que se nos explica después con imágenes. Cuando Aschenbach sale a dar un paseo y va a parar a las puertas de un cementerio —puesto que cerca de allí había una parada de autobús que tenía que tomar—, justo en el momento en que divisa a un hombre de aspecto extraño, de perfil afilado y cara descarnada, de mandíbula pronunciada y grandes ojos, comprendí que la muerte le anunciaba a Aschenbach su destino, y que quizás ese mismo destino hubiese sido el mío de no haber concurrido una serie de casualidades; si no me hubiesen atendido tan asombrosamente rápido, si no hubiesen estado tan a punto los ojos que necesitaba. Porque la ceguera habría sido una especie de muerte, no me cabe la menor duda, peor que la misma muerte real, si es que realmente no murió algo de mí aquel día. Habría muerto incluso sin conocer este libro, que se me convertía así en algo familiar y cercano; más aún, en algo conocido.

Y es que su lectura comenzó a inquietarme. Tuve la misma sensación de cansancio que la primera vez que la vi, cuando tumbado en la cama me asaltó lo que después llamé ensoñación o visión para no asustarme. Por supuesto lo guardé para mí mismo y no se lo conté a Inma por no intranquilizarla. Pero eso fue la primera vez. Además, yo mismo no estaba muy convencido de lo que había ocurrido.

Hubo un momento en que estuve a punto de cerrar el libro y dar la lectura por concluida, pero la curiosidad pudo entonces conmigo. Si lo hubiera cerrado, la obsesión habría comenzado de inmediato, así que me decidí a proseguir afrontando cualquier riesgo.

En principio, no era raro recordar las circunstancias narrativas en que se producían los hechos, puesto que tenía muy reciente la película y en términos generales coincidía con el texto. Hasta en algunas partes dialogadas. Pero me asombraba la perfección con que estaba interpretando la historia, la claridad con que se me representaba su simbología. Yo nunca había tenido habilidad suficiente para estas cosas. Llegué a la conclusión de que estaba dando una interpretación diferente al libro que a la película. Estaba extrañado. Mi perplejidad llegó al límite cuando involuntariamente recité dos o tres líneas seguidas, de memoria, sobre lo que estaba leyendo. No me cabía ninguna duda: jamás, antes de ese momento, había leído aquel texto. Ni siquiera tenía noticia de él. ¿Qué estaba pasando? Conocía algunas frases de memoria, como si en un texto diferente, comprado por una persona diferente, hubiesen sido subrayadas para su memorización. Como si yo lo hubiese leído en aquel mismo texto y no en este.

Levanté los ojos del libro. Me concentré un poco, e inmediatamente pude decir sin ninguna dificultad: "Porque la belleza, Fedón, nótalo bien, solo ella es al mismo tiempo divina y perceptible". Pasé algunas páginas hacia adelante y en cursiva, para mi alegría y mi asombro, leí lo que acababa de recitar. La cita era de Platón, el filósofo griego.

Me levanté del escritorio y no pude reprimir esta vez la tentación de correr a la cocina y contárselo a Inma. Fue algo imprudente porque entonces ni yo mismo había aceptado la realidad de los hechos. E Inma ridiculizó con ternura aquellos excesos de mi cabeza:

—Será que ahora te estás volviendo poeta —me dijo.

Pero yo sabía que en el fondo de ella ya estaba bullendo una nueva preocupación. No tenía ninguna prueba, por lo tanto, no podía recriminarle que en su fuero interno me creyera un poco trastornado.

La prueba evidente vino días más tarde, pero su misma evidencia me hizo negársela de momento. Primero, como dije antes, tenía que asumirlo yo mismo. Fue a raíz de unas fotografías que nos habíamos hecho. El carrete estaba prácticamente terminado y las pocas fotos que quedaban las disparé yo mismo durante aquellos días por tener en qué entretenerme. Ella fue quien me animó nuevamente para que fuese una mañana a revelarlas y otro día a recogerlas.

La máquina era muy sencilla. Nos la habían traído en una ocasión unos amigos de Francia y su precio no había sido ni mucho menos barato. No tenía secretos. Lo único que había que tener en cuenta era la graduación de la distancia, que solamente admitía cuatro posiciones: primer plano, segundo plano, foto de grupo y posición de paisajes. La luz se seleccionaba automáticamente, porque llevaba un flash incorporado. Algunas veces habíamos hecho fotos muy conseguidas de paisajes, sobre todo. Inmaculada las iba coleccionando en álbumes, aunque yo me sentía bastante decepcionado porque la mayor parte de ellas me resultaban muy tópicas. En un principio me consolaba pensando que con una máquina mejor, seleccionando uno mismo la luz y la distancia, y con ciertos conocimientos de la técnica del revelado, hubiésemos podido obtener mejores resultados. Pero al final desistí convencido de que las fotografías tenían que tener algo más que la simple técnica, algo que yo no llegaba a alcanzar.

De vuelta a casa se me ocurrió que podía tomarme un aperitivo mientras miraba las fotos. Entré en el primer bar que encontré y me senté a una mesa. No había mucha gente y aquella misma tranquilidad y mi buena disposición del momento me hicieron en cierto modo ilusionarme tontamente con semejante insignificancia. Abrí el sobre amarillo. Las primeras fotos seguían la línea habitual y las pasé rápidamente. Sin saber por qué, tenía ganas de ver las últimas que había hecho.

Me llamó la atención una fotografía que había tirado casi al atardecer. Lo recordaba perfectamente porque en su momento dudé de que hubiese luz suficiente. Fiado del apoyo que me daba el flash, regulé la distancia, encuadré y apreté el botón. Era la torre de una iglesia que quedaba como a unos cien metros de casa, a la izquierda. La foto estaba hecha desde el balcón. El resultado tenía un cierto tono crepuscular que me agradó. Pero no comprendí por qué había quedado inclinada y en ascenso la torre por la diagonal de la fotografía. Había encuadrado bien, estaba seguro, porque siempre he sido muy metódico en estos detalles. Pero el ojo me había engañado inesperadamente, porque tampoco estaba movida.

Había otras tres que recogían diferentes perspectivas del pasillo de casa, pero aquello ya me resultaba conocido. Era lo primero que enseñan en cualquier curso de fotografía.

La última que contemplé supuso un auténtico bombazo. ¡Esa sí era la prueba! Algún movimiento extraño tuve que hacer en la silla, porque levanté la mirada hacia la barra del bar y un camarero me estaba observando curioso. Creo que enrojecí ligeramente. Tomé un sorbo del vermut y me animé a enfrentarme con lo que estaba seguro de haber descubierto.

La fotografía estaba tomada en el dormitorio de casa. Al lado de la cama hay una cómoda y un gran espejo redondo. Se me había ocurrido hacerme un primer plano de la cara. La sola idea me había arrancado una sonrisa. Después de tantos días observándome en el espejo, no es tan descabellado "inmortalizar" mi rostro en una foto. Cuando esto haya pasado —me decía a mí mismo— tendré un motivo de recuerdo.

Con la cámara baja, sosteniéndola a la altura de la barbilla, apunté al mismo centro de mi cara y apreté. ¡Dios mío! ¡Aquello no podía ser verdad! La estaba viendo otra vez. Era ella y estaba nítidamente asomada a mis ojos. Con los brazos abiertos, desnuda otra vez, era una figura diminuta que impregnaba mis ojos dando sentido a su hondura, quizás llamándome.

Guardé de inmediato las fotos en el sobre, con resolución, pagué y salí del bar decidido a terminar con todo. Inma tenía que saberlo y por el camino procuré acumular todo el valor necesario para decírselo. Pero, sobre todo, solo tenía que mostrarle aquella foto. Era la prueba.

La encontré aseando nuestra habitación, limpiando el mismo espejo donde estaba tomada la fotografía.

—Mira esto, míralo y dime que no estoy loco —la volví del hombro con aspereza.

La cogió con mano trémula y mientras la miraba yo no apartaba mi vista de ella, fieramente, directamente buscando sus ojos.

Se fueron llenando de lágrimas. La dejó sobre la cómoda y por fin se echó a llorar.

—¡No veo nada! ¿Qué quieres que vea! —me dijo.

***

Los ojos de Inma. Los inmensos ojos de Inma. El llanto acentuaba aún más su hermosura, les arrancaba su auténtica dimensión trágica. Los ojos de Inma parecían estar hechos para llorar.

Ojos grandes, de un verde intensísimo, con el globo ocular surcado por tenues venículas rojas que producían propiamente la sensación del llanto. Ella acostumbraba a marcarlos con un lápiz negro resaltando sus pestañas largas y rizadas, con un verde difuminado sobre el párpado.

Pero no era solo un secreto cromático. Al principio tardé en percatarme de la otra característica que contribuía singularmente a rematar el conjunto. La convivencia me hizo descubrir que forzaba la mirada en ciertas ocasiones, cuando el objeto mirado no caía cerca de su alcance. Era miope. Este carácter la obligaba a cerrar levemente los ojos buscando ese efecto de catalejo que daba profundidad a su mirada. En términos generales resultaban bellos precisamente por su intensidad de penetración visual.

En otro orden de cosas, Inma siempre había tenido buena disposición para la casa. Desde que nos casamos, siempre le había gustado madrugar un poco y tener las labores hechas a media mañana, para contar con tiempo de hacer la compra y preparar la comida sin prisas. En este aspecto se esmeraba muchísimo. Yo confieso que nunca había disfrutado de la comida hasta vivir con ella. Tenía una mano increíble para los postres y un cierto gusto para presentar la comida de forma que resultase agradable a la vista. Más que coger el punto, sabía poner un punto de adorno en los alimentos. En esto nunca tuve queja. Por supuesto, no pasaba día sin recriminarme con cariño mi poca colaboración.

Además, no le faltaba gusto para la decoración de la casa. Si alguna vez la vi enfadada de verdad, fue a causa de algún pequeño detalle que no le salía a su antojo, referente a un mueble o al color de un tipo de papel. A mí todas esas cosas me resultaban un poco banales, pero compartía con cierto interés disimulado estas preocupaciones. Durante la convalecencia tuve ocasión de soportar más de una vez sus peregrinaciones por la ciudad en busca de soluciones a lo que solamente eran pequeños problemas domésticos. Mi carácter variable, e incluso irascible desde el accidente, me hizo reventar en alguna ocasión. Cuando yo me enfadaba, ella variaba automáticamente de postura. Podía haber estado toda una mañana refunfuñando y malhumorada, pero cuando me veía cambiar de gesto, cambiaba a su vez hacia una tono maternal y conciliador. Entonces a mí ya me costaba mucho detenerme y ella llegaba a rozar el límite de la docilidad. En el fondo era muy dócil.

En el amor su docilidad se convertía en una especie de pasividad. Siempre la justifiqué pensando que era como otras muchas mujeres educadas según criterios tradicionales, con multitud de prejuicios a cuestas. En cierto sentido la compadecía. La verdad es que se plegaba a mis necesidades y muy pocas veces tomaba la iniciativa. Desde luego, jamás pudo acostumbrarse a cualquier escarceo imaginativo propuesto por mí, naturalmente, y yo mismo terminé por acostumbrarme también a un juego que tenía mucho de metódico.

Ciertamente no podía concebirla de otra forma que no fuera así de pudorosa y remilgada, aunque es curioso anotar aquí la poca consistencia de nuestras conclusiones racionales cuando relajamos sin saberlo los controles de nuestro propio mundo interior. Porque uno de los sueños recurrentes que más me visitaban durante mis primeros días en el hospital, recién salido del coma y en un estado de semiinconsciencia y aturdimiento todavía, y que a ratos me sumía en extrañas alucinaciones, era un sueño en el que Inma jugaba un papel protagonista.

Con extraña cara, y sin rostro preciso a veces, solo por el olor de su cuerpo reconocible, a mis manos, a mi ansia, tortuosamente accesible, entregada, violentamente erguida, repentinamente, atenazando mi cuello por su parte posterior con las manos juntas, dedos entrelazados, como cadenas arrastrándome, mi boca hacia el centro de su fuego, extraño yo, extraño, y desaparecía, terriblemente solo ahora en la vastedad de la cama, mirando a un lado, al otro, ¿dónde estaba?, hasta caerme por la pendiente blanquísima de una cama escorada hacia uno de los lados, incluso moviéndose en vaivén, y se me ofrecía, sus ancas sudorosas, perra, hasta que yo decidía, entornados los ojos, ¿a quién acometía?, un vello largo y animal cubría todo su cuerpo, asustado yo… pero cómo la quería.

Después venía su gesto contrariado reprendiéndome por algo incomprensible para mí, en un lenguaje indescifrable. Se agrandaban sus ojos, mientras se volvía hacia mí, alejándose ahora en el fondo del pasillo, con la decisión de marcharse —interpretaba yo—, voceándome, gritándome, ¿por qué? ¿Dónde se había metido? ¿En la cocina? Todos los platos hechos mil añicos por el suelo, sin puerta el frigorífico, arrancada, entornada sobre una silla que soportaba su último gesto de abatimiento. Y el grifo abierto, a chorro, salpicando todo aquel desorden, ¿dónde estaba ella? ¿dónde estabas?

Me dirijo rapidísimo al comedor y la encuentro vertiéndose un bote de leche condensada sobre la boca muy grande, recogiendo con torpeza en su lengua el chorro denso que cae del interior. ¡Tengo que detener este desastre! ¡Tengo que detenerte! Cuando consigo ceñir todo su cuerpo con mis brazos, a duras penas, aprisionando los suyos, entonces suelta una carcajada, patalea, cabecea y se levanta del suelo en volandas, sostenida por la presión que ejerzo sobre ella, haciéndome tambalear. Terminamos por caernos los dos al suelo y estalla otra vez en carcajadas frenéticas, se ríe, te ríes, y yo no puedo soportarlo. Me incorporo levemente quedando sentado en el suelo, ella tumbada, exhausta ya, y me sorprendo, sorprendo mi imagen de bufón, ligeramente oscura, translúcida, en el cristal del espejo del mueble, riendo también como un estúpido, con una especie de felicidad que me posee por completo.

***

Después de una temporada de relativa estabilidad emocional, las aguas parecían haber vuelto a su cauce. Por un momento había visto venirse abajo la paz y la tranquilidad de un hogar que jamás había tenido problemas fuera de la normal. Por lo visto, en mi cabeza había quedado todavía un espacio de lucidez que me había hecho reaccionar a tiempo. Mi antigua fuerza de voluntad se había alzado valientemente contra la desintegración que me acechaba en forma de demencia. Esta era la versión última que más nos había convencido a Inma y a mí. Sobre todo a ella, sinceramente. Claro que de cara a los demás, a los familiares, por ejemplo, habíamos divulgado la versión del cansancio mental, abuso de fármacos durante meses, incluso de secuelas del accidente que habían aparecido más tarde. Porque, ¿hasta qué punto no habían influido realmente algunas de estas causas?

¿Cómo había sido posible llegar a pensar que unos ojos pudieran funcionar independientemente de la voluntad que los domeña? ¿Qué explicación científica seria admitiría que un órgano cualquiera, desgajado de su cuerpo primero, siguiera respondiendo a impulsos de aquel, aun cuando se hallara injerto en un cuerpo nuevo? Sin ninguna duda había sido una especie de pesadilla o un principio de locura. Finalmente, ¿cómo podía ser posible que sobreviviera al cuerpo la visión de algo, por extraño, maravilloso o inefable que fuese? No, no existía explicación científica alguna, y a fin de cuentas, yo era todavía un científico.

Por aquellos días organizamos una pequeña excursión campestre orientada fundamentalmente a que yo cogiera de nuevo el coche, puesto que desde el accidente la sola idea de ponerme al volante me sacaba de quicio. Ya habíamos hecho en otras ocasiones algún recorrido corto por la ciudad conduciendo Inma, pero mi nerviosismo y mi claustrofobia en los embotellamientos me habían hecho abandonar el coche y volver andando a casa. Este parecía ser el momento idóneo para intentarlo de nuevo. Me sentía preparado aunque inquieto. Tomamos una carretera tranquila en dirección a un pantano que estaba a pocos kilómetros de la ciudad. Yo cogí el coche a la salida y mi alegría y mi seguridad fueron creciendo paulatinamente, porque todo estaba saliendo a pedir de boca. No se me había olvidado conducir ni había perdido el gusto por la velocidad. Inma me pedía prudencia cada dos por tres. La verdad es que llegué a autoconvencerme de que jamás me había sentido tan a gusto al volante, si no fuese por cierto acto reflejo que me hacía reducir la velocidad cuando iba a cruzarme con otro coche, asaltado por la sensación de que pudiera echárseme encima. Pero esto me resultaba ya familiar, porque suele suceder incluso cuando una piedra te rompe la luna y posteriormente te crea la sensación durante un tiempo de que va a volver a reproducirse el impacto. Además, Inma procuraba darme conversación haciendo que se desvaneciese el miedo. Me envalentoné y me decidí a encender un cigarro mientras iba conduciendo.

De vez en cuando levantaba la vista para mirar por el retrovisor. En una de las ocasiones, por un efecto óptico de superposición de dos imágenes, vi mi rostro de forma que los ojos aparecían en la parte alta de la frente, vigilantes y fijos tras la mata de pelo desordenado que caía sobre aquella dándome un ridículo aspecto simiesco.

—Todos tenemos nuestros monstruos —le dije a Inma.

—No pienses más en eso —me contestó.

El pantano bordeaba con su lengua un pequeño monte de pinos, salpicado aquí y allá con mesas y bancos de madera y alguna que otra barbacoa, habilitados especialmente para ocasiones como la nuestra. Preferimos extender una manta sobre el suelo y allí merendamos. Me resultó muy placentera la sobremesa, tumbado boca arriba sobre la manta, con los brazos cruzados por detrás de la cabeza. En silencio, creo que Inma y yo pensábamos en lo mismo: aquello significaba felizmente el final de una etapa en la que los dos lo habíamos pasado mal.

Cuando nos pareció oportuno, levantamos nuestro pequeño camping, recogimos las cosas y envasamos los restos para depositarlos en la papelera más cercana. Hacíamos esto con cierta meticulosidad, casi recreándonos en ello. Yo mismo me encontraba en mi salsa con estos detalles mínimos, colaborando con diligencia, como si con ello quisiera convencer cada vez más a Inma de mi imparable recuperación.

En un momento Inma propuso acercarnos a la orilla del pantano para lavar los platos y los cubiertos. Mientras ella se afanaba en esta labor ahorrándome entre bromas la parte que me correspondía y amonestándome para que en un futuro no se repitieran esos privilegios y esos mimos, yo me acomodé entre unas piedras. Fumaba un cigarro cerca del agua, pensativo y feliz. La veía en todo su esplendor, con esa ternura que nace del reconocimiento instantáneo de haber estado haciendo sufrir a alguien que no lo merecía.

En el pequeño remanso que formaba el agua entre las piedras veía su imagen reflejada, distorsionada, apareciendo y esfumándose al compás de sus manos que chapoteaban con los platos en una diligente operación de lavado y aclarado. En cuclillas y abandonada a su labor llegó a parecerme tan deliciosa que excitó en mí el resorte del deseo, adormecido desde hacía mucho tiempo. Me puse en pie y me acerqué a ella por detrás contemplando fijamente su reflejo trémulo. Y en los momentos en que el agua se amansaba y su forma iba tomando consistencia y nitidez, ella descargaba un manotazo nervioso, absorta en su operación de limpieza, de tal manera que yo no podía retenerla al completo porque ella misma se me negaba en su total y absoluta representación.

—Ya va siendo hora de que nos marchemos —le dije, y mi deseo había desaparecido repentinamente.

Aquella noche tuve dificultades para dormirme. Posiblemente la ruptura del orden al que estaba acostumbrado me había desazonado el cuerpo. A fin de cuentas, era la primera vez en mi convalecencia que hacía una jornada absolutamente normal desde el punto de vista de una persona sana. Como mis vueltas y mis resoplidos en la cama no le dejaban dormir, Inma decidió cambiarse a la habitación de al lado. Me dio un beso y me dijo que si la necesitaba que la llamase.

A una hora incierta, imposible de determinar, intempestivamente, me desperté. Mareado, transportado, asaltado por una incómoda sensación de extrañeza espacial. ¿Era de día o de noche? Ni la posición de la cama dentro de la habitación ni el lugar concreto de la ventana, podía recordar. No quise abrir los ojos hasta cerciorarme de mi situación exacta, como si pudiera estar dando vueltas, como si tuviera miedo de caerme. Fijé mentalmente mi posición en la cama, boca arriba, quizás con la cabeza demasiado plegada hacia atrás, encogido el cuello angustiosamente. Hice un esfuerzo por estirarme y respirar.

Palpé a mi derecha y creí adivinar la posición habitual de mi cama que se extendía por ese lado. Erguí el tronco, viré en esa dirección y me dejé caer extrañado, nervioso, asustado: mi cabeza colgaba penosamente sin ningún apoyo. Con la mano izquierda me sujeté. ¡Esperar, esperar!

Primero una negrura densa, un juego de luces que se fueron aclarando luego; cuando me decidí, enarcando con fuerza las cejas, mis ojos se encontraron el ramaje tupido de un castaño en ascenso dibujado en una ventana de marcos blancos.

Y allí, junto a la ventana, como si me estuviera esperando, la mujer de pelo rojo, delgada, desnuda. Volvió la cabeza hacia mí, hacia mi espanto, y no supe cuándo se me acercó. Aturdido, inmóvil, me pareció por un momento estar autocontemplándome desde fuera de mi propio cuerpo.

Levantó una pierna, apoyándola de rodillas sobre la cama, mientras la otra la mantenía firme en el suelo. Flexionando, con un balanceo suave, rozaba su sexo en mi boca. Después echó el cuerpo hacia adelante, en sentido inverso al mío, y apoyó sus manos en la parte posterior de la cama. Sentí su boca. Yo también estaba desnudo.

Y mi deseo pudo entonces más que mi miedo. Le di mi lengua e intenté rodearla con mis brazos. Repentinamente se paró. La vi de espaldas revolviendo entre los libros apilados en una mesa de escritorio. Me acomodé enfebrecido en la cama y otra vez volvió rápidamente sobre mí, esta vez tumbándose en posición natural, besándome, mordiéndome. Mis manos por fin se despegaron y sentí su carne. Se irguió gimiendo y en un segundo vi su brazo alzarse y su mano con las tijeras brillantes. Descargó su brazo en mi cuello… Intenté gritar…

El despertador que Inma había puesto a las nueve —lo recordaba perfectamente— dejaba ver sus destellos verdes a mi derecha, sobre la mesita de noche: las seis y media de la mañana. Empapado en sudor, estaba en mi casa, en mi cama. Todo alrededor era silencio y oscuridad. Solo un reloj marcando una hora cualquiera.

Entonces me di cuenta de lo que tenía que hacer. Me levanté procurando no hacer ruido. Me vestí y busqué en el pantalón las llaves del coche. Después, sobre una receta médica, puse unas palabras de sintaxis tortuosa dirigidas a Inma. A oscuras, salí de casa.

***

Las pesquisas llevadas a cabo para averiguar la identidad del donante de mis ojos fueros de tres tipos: médicas, periodísticas y policiales. Pero admito que si no hubiera tenido un punto de partida, un indicio mínimo que me permitió, basándome en la intuición, formular una hipótesis aceptable, si no hubiese sido por eso, nunca habría llegado a saber la verdad.

Esa prueba fueron las palabras del doctor Puente Villar. Las recordaba muy bien. Dijo: "Hemos tenido suerte con una donación tan oportuna; por lo visto el donante era un excéntrico". Fue el adjetivo concreto lo que me llamó mi atención: excéntrico. ¿Qué historia había detrás de aquellos ojos? Había llegado el momento de averiguarlo a cualquier precio, porque en ello estaba cifrada mi tranquilidad, mi identidad y, ¿por qué no?, mi felicidad.

A las diez de la mañana, en un lugar suficientemente alejado de mi casa, había reunido ya, apuntándolos minuciosamente, los teléfonos necesarios para iniciar mis investigaciones. Por el camino había llegado a dudar. Creo que fue hacia las nueve cuando recordé que a esa hora probablemente se estaría levantando Inma. Por un instante se me cruzó la idea de estar cometiendo una locura, o de estar loco de verdad. Una locura que podía costarme muy cara. Pero admitido un principio de realidad absurda, planteada una hipótesis convincente, ¿por qué no continuar?, ¿por qué no concluir con una realidad más allá de la realidad, diferente, otra realidad?

Sabía que abordando directamente al doctor Puente Villar con mi historia no conseguiría nada, salvo inquietarle, puesto que él adoptaría presumiblemente una postura distante, científica, en una palabra, y como máximo me aconsejaría una revisión a fondo antes de darme el alta definitiva. "A fondo" o "completa", o cualquier otro tipo de eufemismo encaminado a que visitase al psicólogo. Él era también un científico y ahora he comprendido que los científicos no trabajan esa zona en sombras que existe —estoy seguro de ello— entre lo sano y lo enfermo. Decidí encauzar mi charla con él por un camino más sutil, solicitándole una nueva consulta con motivo de "ciertas dificultades de visión en uno de los ojos". Eso le dije por teléfono poniendo en ello un tono jovial y desenfadado, bromeando incluso mediante algunas alusiones al anterior dueño de mis ojos.

—Parece que nos hizo una pequeña trampa, ¿no, doctor? —le apunté.

—Hombre, ¿por qué dice usted eso? —me replicó riéndose.

—Pues porque no veo bien, doctor; y él me los dio por buenos —contesté rápidamente con desparpajo.

—Bueno, muy normal no debía de ser, pero usted se aprovechó de ello.

—Sí —dejé escapar entrecortadamente, e hice un silencio levísimo como quien espera oír algo más. Y al fin llegó.

—Lo cierto es que el tipo debía de ser muy raro. ¿Sabe usted que puso como condición para la donación que el trasplante se hiciese el mismo día y en la misma región en que él muriese? Había donado todo su cuerpo a la ciencia, pero por lo que se ve sentía predilección por sus ojos, y por lo que se deduce, una enorme premura por que no estuvieran mucho en el mundo de los muertos. Los que usted tiene ahora —concluyó.

—Es increíble —dije como sorprendido—. En fin, de cualquier manera, tengo que estarle agradecido.

El resto de la charla se redujo a varias preguntas de tipo profesional que yo contesté escuetamente. Nos despedimos hasta la fecha de mi próxima consulta, pero yo sabía que aquella visita no se produciría nunca. Tal vez el doctor omitió el resto de la información por discreción profesional, o para mi tranquilidad; o tal vez me dijo todo lo que realmente sabía sobre el caso. Pero había sido más que suficiente. El resto de la información complementaria respondía a una clave que yo estaba seguro de poseer desde el principio: mi benefactor había sido asesinado. Soñaba, anhelaba, esperaba ansiosamente poder comprobarlo.

Consecuentemente, el segundo paso en mi investigación consistía en averiguar si existía noticia sobre el asesinato producido el mismo día de mi accidente —de ello hacía aproximadamente un año— y en la misma región donde a mí se me hizo el trasplante, tal y como se deducía de la voluntad de mi benefactor. Un amplio campo de trabajo se abría ante mí de principio, pero informaciones posteriores redujeron a dos prácticamente el número de diarios de tirada importante en la región. No cra probable que los periódicos de difusión nacional dieran cuenta del asunto. Había que visitar la hemeroteca de esos dos periódicos. Antes hice una llamada que no fructificó a la Dirección General de la Policía de la capital haciéndome pasar por un periodista que buscaba datos para una serie de narraciones basadas en hechos reales. Me facilitaron algunos casos cuyos expedientes estaban cerrados desde hacía tiempo, algunos de ellos muy conocidos. Cuando les pregunté por casos recientes arguyendo que a la gente le atraía más lo que le sonaba a actualidad, me contestaron que había varios que estaban todavía "sub iudice", y que esa información no podían darla. Yo sospechaba que entre esos "varios" se encontraba el que yo buscaba. Tenía que ir a la capital y visitar las dos hemerotecas.

Me puse al instante en camino y no tardé en recordar otro viaje por motivos muy distintos, hacía ya mucho tiempo —al

menos eso pensaba yo— y que había tenido para mí consecuencias que no acertaba a calificar. De no haber sido por
aquello, jamás habría variado el rumbo de mi vida. O tal vez
sí, ¿quién puede saber lo que nos guarda el destino? Tal vez
es él quien nos elige. Mucho había cambiado mi forma de
pensar desde aquel accidente. O me estaba volviendo loco y
no era consciente de que la locura tuviera aquella forma de
manifestarse. Ya no podía volverme sobre mis pasos. Después supe que aquello había sido una elección vital.

Mi nuevo coche era tan rápido como el anterior, pero tenía una diferencia fundamental respecto a aquel: era de línea
mucho más estilizada, mucho más bonito. Aunque de cuatro
puertas, estaba concebido como un deportivo, y era de reac-
ciones nobles y de conducción flexible. Yo mismo lo había
elegido y había procurado buscar un concepto de coche totalmente diferente del anterior, quizás también movido por una
vaga superstición.

Hasta entrar en la autovía hice treinta o cuarenta kilómetros por una carretera secundaria. A mis espaldas la masa redonda y blanquísima del sol me acompañó durante algunos
kilómetros del trayecto. A ratos, por el retrovisor, yo lo veía
coronando el fondo de la carretera, enmarcando un paisaje de
árboles solitarios y tierras fértiles de espigas.

Tampoco pude evitar entonces el recuerdo de aquel otro
sol cegador que sentí en otro tiempo quemarme instantánea-
mente y que me puso al borde de la muerte. Pero esta nueva
luz de ahora me tranquilizaba, me entregaba un espectáculo
de hermosura conmovedora. Reduje varias veces la velocidad y por primera vez desde hacía mucho tiempo me apeteció
escuchar música en el coche. Creo que en aquel momento era
muy feliz. Por el retrovisor lateral izquierdo el reflejo del sol
me acompañaba proyectándome como la estela de uno de sus
rayos. "Soon, oh soon, the ligth", sonaba en la casete.

El encargado de la hemeroteca era una persona cuya cara me recordaba inevitablemente a un búho. De cabello blanco, con grandes entradas que le dejaban un pequeño pico apuntándole en lo alto de la frente, la mirada fija tras unos lentes redondos, se limitó a señalarme con el dedo una de las estanterías sin apenas haber apuntado el objeto de mi visita. Acto seguido, ayudado de una lupa, se enfrascó silenciosamente en su trabajo.

No tardé mucho tiempo en encontrar lo que buscaba porque el orden en aquel recinto era perfecto; la mano del que lo organizaba se dejaba ver sin ninguna duda por todas partes. Admito que mi nerviosismo fue creciendo a medida que hojeaba aquel diario. Tuve que revisarlo dos veces convencido de que mi azoramiento me estaba traicionando. La decepción subsiguiente, al no hallar ninguna noticia referente a mi asunto, fue inmensa. Me senté abatido sobre el periódico. Pensé en el otro diario. Si esa otra posibilidad me fallaba, estaba perdido. Me levanté con actitud de fastidio pero decidido a terminar de una vez. De pronto, mientras colocaba en su lugar aquel primer periódico, se me hizo la luz: ¡estaba buscando en un diario equivocado! Por obcecación. Era lógico que el suceso, de aparecer en un diario, estuviera en el del día siguiente al que ocurrieron los hechos. Mi corazón se aceleró mientras tomaba en mis manos el nuevo periódico. Lo descubrí al primer golpe de vista. ¡Allí estaba! Lo sabía, sabía que mi corazón no podía engañarme. Mis ojos tenían delante el misterio que los explicaba.

La noticia venía en un pequeño recuadro en primera página y la información se completaba en el interior. Se hablaba de un hombre muerto en una pensión en extrañas circunstancias y por causas desconocidas hasta el momento. Se decía literalmente que "el cadáver presentaba varias heridas en el cuello, producidas presumiblemente por un objeto punzante". Finalmente, se revelaba la identidad del finado y se hacía alusión a su actividad ordinaria en una determinada localidad, aunque solo se mencionaban sus iniciales. Al parecer era una persona relativamente popular en ciertos ambientes. Ya no me cabía ninguna duda: sabía quién era el hombre y en qué pueblo había muerto. Me trasladé hasta allí. No estaba muy lejos de la capital.

Me encontré una animada villa, de vegetación abundante en sus contornos, que conjugaba con cierta gracia los edificios antiguos y los modernos; un pueblo que a mí se me antojó luminoso y feliz. Sin duda el hombre al que buscaba lo habría visto muchas veces en aquella dimensión radiante que se me ofrecía ahora. Entré por una de las calles que lo vertebran, no muy ancha, surcada a los lados por bares, sobre todo. Recorrí en una primera labor de prospección, despacio, casi toda la calle, hasta llegar a lo que parecía la salida. En cuanto pude volví sobre mis pasos y en la primera entrada, a la derecha, aparqué en una pequeña plazoleta arbolada de plátanos, al lado mismo de la iglesia. A pie, busqué salida a la calle de los bares y entré en uno de ellos, donde en aquel momento se reunía un grupo nutrido de gente.

Pedí un café y el camarero se fijó en mí con cierta curiosidad. Le pregunté directamente por la "pensión donde había ocurrido una muerte hacía un año aproximadamente". Cambió su mirada curiosa por otra de recelo. "Soy periodista", le dije. "Solo quiero saber la dirección de esa pensión".

—Mire, ese puede decírselo mejor que yo —me contestó imprevisiblemente—. Además, él le conocía bien. Era amigo suyo.

Me señaló a un individuo joven que leía un periódico deportivo en una mesa. Rubio, de pelo muy corto, con aspecto de duro, encendió un cigarro con nerviosismo cuando le pregunté si conoció al que respondía por aquellas siglas. Le pregunté por el nombre completo que encriptaba la noticia del periódico.

—Bueno, yo le conocía, pero no sé qué pudo pasarle. Nadie se esperaba eso... —hizo una pausa y se quedó pensativo. Luego continuó: —Aquí le conocíamos todos. Era un tío legal. Todos los que están aquí le vieron y saben cómo era. Lo que pasa es que después de aquello nadie quiere saber nada. Imagíneselo, nadie quiere compromisos de este tipo… —volvió a encerrarse en su mutismo un instante—. ¿Es que es usted algo suyo? —me preguntó.

Le contesté que no, que era periodista y estaba interesado en ese caso. Le noté cierta decepción en la cara.

—De acuerdo —me dijo—, si quiere le acompaño hasta la pensión en donde vivía.

Por el camino me dio algunos datos más sobre la profesión y el lugar donde trabajaba. Me contó que a veces salía con él y sus amigos en grupo, que llevaba unos años en aquel pueblo aunque no era de allí.

—Hemos tomado muchas copas juntos, hemos tratado mucho —me contó—. De verdad, era un tío majo, de lo más normal. No sé quién pudo hacerle aquello.

Me llevó hasta un bar y me despedí en la misma puerta agradeciéndole su información. Al darle la mano, me dijo que él y sus amigos podían contarme muchas cosas sobre la vida de aquel hombre, pero que no sabían nada sobre su muerte.

—Si hay justicia, al que lo mató tendrían que colgarlo en el rollo que ve usted ahí —me aseguró al marcharse.

El camarero era un muchacho joven. Cuando le pedí una habitación llamó a un señor maduro y le dijo que me llevara a la pensión. Por lo visto, esta era independiente del bar. Por el camino noté que mi guía tenía cierta curiosidad por saber a qué me dedicaba. Cuando le confesé mi propósito, mudó la expresión y en principio se cerró en banda.

—Mire, yo solo quiero saber lo que pasó —le dije—. Esa es mi profesión.

—Oiga, yo no quiero líos —me adelantó—. Nosotros no tuvimos nada que ver. No sabíamos qué vida hacía. Aquí todo el mundo le tenía muy bien considerado, pero a nosotros no nos preocupaba quién entraba y salía de su habitación. Eso era asunto suyo. Además —prosiguió— que ya hemos tenido bastante trastorno con la policía. Tuvimos su habitación precintada durante unos meses, y eso, como usted se imaginará, no nos ha favorecido en nada para el negocio.

Le dije que yo tenía datos de la policía y que sabía que la respetabilidad de la pensión estaba fuera de toda duda. Le observé algo más tranquilo. Por fin, se decidió a continuar.

—Le encontró mi hija, una que vive en el piso superior, en un apartamento que hay sobre la pensión y que se encarga de su mantenimiento, de hacer las camas y todo eso. Está casada, y menos mal que estaba el marido en ese momento porque el susto que se llevó fue terrible. ¿Sabe?, le habían clavado unas tijeras en el cuello —bajó un poco la voz—. Allí mismo estaban, manchadas de sangre, y toda la cama bañada. Estaba desnudo.

Le dije que quería quedarme en esa misma habitación si estaba disponible y puso un gesto de extrañeza. Me pidió el carnet de identidad para hacerme la ficha de hospedaje, pero le contesté que lo tenía en el coche. Me dijo que en cualquier otro momento se lo llevara al bar donde nos habíamos encontrado.

Cuando abrió la puerta, me entregó la llave y me insistió en que no olvidara lo del carnet. Por un instante creí que el palpitar de mi corazón podría escucharse fuera de mi cuerpo. Cerré la puerta y me quedé parado en medio de aquella estancia que me resultaba extrañamente familiar. Sabía que jamás había pisado allí y, sin embargo, la reconocía: el papel ajado de rosetones azules, el armario de madera a la izquierda, la cama a la derecha. Me dirigí inmediatamente a la ventana y divisé un parque de gran variedad de árboles, algunos de ellos gigantescos. Y allí mismo, casi al alcance de la mano, un gran castaño que comenzaba a retoñar. Aquel era el lugar. Eché de menos la mesa de escritorio que había visto en mi delirio (¿cómo llamarlo?), pero no me extrañó que a estas alturas ya hubieran trastocado el orden que sin duda hubo en otro tiempo. Súbitamente vino a mi mente la idea del carnet. Aquello podía ser un obstáculo para mi credibilidad, así que tendría que pensar algo efectivo o actuar rápidamente en mis averiguaciones.

***

Enclaustrado en esta pobre habitación, torpemente escribo versos. Como un colegial enamorado, escribo versos. Jamás se me habría ocurrido que pudiese llegar a una situación como esta.

Mi corazón se ha desbordado definitivamente. Soy un hombre nuevo. No dispongo más que de una mesa camilla y unos folios, pero mi entusiasmo actual no me exige más que esto. Hace días que no salgo excepto para resolver lo fundamental, y no quiero pensar de momento en nada que me distraiga. En un futuro inmediato, tendré que reorganizar mis asuntos, pero repito que esto no es ahora lo fundamental.

Mi benefactor —ahora lo sé—, fue un poeta, y además, un ser tan especial como no he tenido noticia en toda mi desperdiciada vida. Ahora he comprendido que encubría, bajo su profesión y su agitada vida social, uno destino trágico y conmovedor como les ha tocado a pocos: buscaba desesperadamente la belleza, en su vida y a través de su arte.

Antes de mi decisión de instalarme aquí definitivamente, hice dos visitas más que me revelaron a fondo lo que había sido el hombre al que busqué primero, y después he querido recobrar, porque otra manera no se me ocurre para explicar lo que será mi vida de aquí en adelante. Recobrarle y seguirle, porque su muerte se ha convertido para mí en un martirio si no es exagerada la expresión.

Fue la casualidad (si es que existe tal cosa) la que me llevó a conocer, uno de los primeros días de mi estancia en esta villa, a dos de las amigas que más íntimamente le habían tratado al margen de su grupo habitual. Al instante supe que ninguna de las dos era la mujer que yo esperaba conocer, aquella de quien nadie sospechaba todavía que hubiera podido matarlo.

Con voz quebrada por la emoción, una de ellas me dijo que "nunca podría repetirse un hombre que entendiese de una forma tan perfecta el arte de vivir. La alegría, el optimismo, la simpatía, la amistad, eran valores que emanaban de él con total naturalidad, irradiando su entorno, transformándose todo lo que él tocaba en alimento para los demás".

—Y sin embargo, lo mataron —dijo la otra—. Lo mataron tal vez por envidia de su felicidad, o tal vez sus propios monstruos. Porque a pesar de todo, al final estaba solo; no se quedaba con nadie, volvía irremediablemente a la soledad de su habitación a oficiar una ceremonia que nunca sabremos. Nosotras le conocimos solo en sus momentos de expansión, pero había ocasiones en que sus palabras traslucían algo más, un fondo lleno de misterio.

Cuando una de ellas, a lo largo de la conversación, citó a un tal Gerardo como el hombre que mejor podía conocer al poeta, inmediatamente tuve que trasladarme a una localidad vecina. Este iba a ser el punto culminante de mis averiguaciones.

Gerardo era un hombre serio. Acompañado de su mujer y sus dos hijos, me recibió con cortesía, pero tardó un rato en concederme un privilegio que desde hacía tiempo era exclusivamente suyo. De vez en cuando se acariciaba la barba en un gesto de reflexión. Era un hombre inteligente. Se tomó el tiempo necesario demorándose en generalidades, hasta asegurarse de mi verdadera intención. Por fin mis palabras, teñidas de apasionamiento, le convencieron. Se quitó las gafas y se frotó los ojos haciendo una pausa. Luego entró sin más en el asunto.

—Lucía, trae la carpeta, por favor —le pidió a su mujer.

—Mire —continuó—, él era sobre todo un escritor, un poeta. Su profesión simplemente le servía para ganarse la vida, pero su auténtica lucha la libraba con las palabras. Tenía escritos varios libros, pero tuvo dificultades para publicar porque la editorial con la que se comprometió no era solvente. En fin, eso a él no debía de importante mucho. No se quejaba. Me lo dijo muchas veces: "Yo lo que tengo que hacer es seguir escribiendo. Y viviendo".

Al lado, con timidez, su mujer me entregó una carpeta.

—Todos estos son poemas suyos —me dijo ella entrecortadamente, enrojeciendo un poco al decirlo.

Les comuniqué que tenía intención de recopilar todos sus poemas y publicarlos. Se me ocurrió en aquel mismo momento, pero solo Dios sabe que lo decía de todo corazón. Al final se avinieron a que yo pudiera fotocopiarlos.

—Usted se parece a él en algo; no sabría decirle en qué, pero hay algo…

Se paró de pronto y se quedó callado. Le conté que no era nada suyo, pero que me había beneficiado con un trasplante de sus órganos.

—¿El corazón? —me preguntó a bocajarro.

—No, los ojos —quise ser completamente sincero.

Me apuntó que ya sabían que había donado sus órganos.

—Era muy altruista, muy sociable. Tenía el don de comunicar rápidamente con la gente. En realidad era muy lógico en él que donase su cuerpo.

Le pregunté con toda la intención si conocía a alguna mujer que hubiera estado con él, de la que hubiera estado enamorado o algo así.

—¡Vaya! —exclamó—, la policía también me hizo ese tipo de preguntas—. No, no solía hablar de nadie en concreto. Había temporadas en que le notábamos más distendido y eufórico, más feliz, en una palabra; pero si le intentábamos sonsacar indirectamente algo relativo a ese tema, respondía con evasivas. Recuerdo que una vez nos dijo: "El amor, el amor: ese es de quien estoy perdidamente enamorado". ¿Quiere que le diga algo? —añadió con decisión—. Creo que a él lo mató alguna historia rara, su propia pasión de vivir quizás, pero no puedo decirle si tenía rostro de mujer. De todas formas, no creo que se quedara con nadie durante un tiempo largo, no era así. Imagino que quien lo mató estuvo poco tiempo con él, pero comprendió pronto su grandeza y su tragedia, su forma de ser desasosegada, inabarcable, si se me permite expresarlo de esta forma. Porque al final le importaba más su arte que su vida. Yo le conocía muy bien. También me lo confesó en alguna ocasión: "Las historias se terminan cuando se transforman en palabras, todo es cuestión de palabras; las mismas mujeres no son más que una mera cáscara una vez que quedan convertidas en palabras".

Gerardo y su familia me despidieron con la misma educación con que me habían recibido. Él me acompañó e hice las fotocopias de los poemas. Se despidió diciéndome que si surgía alguna cosa se la comunicara; favor por favor. Nos dimos un apretón de manos, como alguien que se conoce desde hace muchísimo tiempo atrás.

A la salida de la localidad recogí en autostop a una muchacha de unos veinticinco años. Muy delgada, llevaba un vestido ceñido, con la falda prácticamente hasta los tobillos. Calzaba sandalias. Desde el primer momento tuve como un pálpito, algo como un aroma que no se huele desde hace mucho, quizás desde toda una vida anterior…

—¿No te conozco de algo? —me preguntó sin mediar palabra alguna.

—No creo —le contesté.

Me preguntó dónde vivía. Me dijo que algunos domingos solía pasarlos precisamente en ese pueblo. Cuando se apeó me puso delicadamente la mano sobre el brazo y me sorprendió de nuevo su desenvoltura.

—A lo mejor nos vemos pronto. ¡Chao!

He llamado por teléfono a Inma y le he confesado que no sé cuándo volveré. Enclaustrado de nuevo en mi habitación escribo versos. Escribo y leo y releo versos. Todavía no he conseguido entender más que parcialmente ese cúmulo de palabras, de palomas resplandecientes, que me ha donado en herencia mi guía, mi maestro, la luz de mis ojos; pero no desespero. El tiempo ha dejado también de importarme. Como la identidad de una mujer imposible de descubrir. El recuerdo de la muchacha que recogí en la carretera hace unos días me acompaña a ratos. Cuando pienso en ella me pongo un poco nervioso, porque es la única sensación que me instiga a salir de este claustro aunque la venzo con facilidad. De todas formas, esa mujer tiene algo que me recuerda sin poder evitarlo algunos de mis sueños. No sé… Estoy nervioso, como quien espera una cita importante y definitiva…

Un poeta en la calle

¡Mierda de vida! Que le hace andar a uno de cabeza para terminar tirado en la cuneta, como el Verlén, tío, según dicen, tirado allí, en la Plaza de la Universidad, en el rincón de la balconada que da a la Antigua, volcado como un trapo, escorado hacia abajo, como una marioneta grotesca, con el tronco doblado sobre la pierna derecha, según dicen, con un hilo de sangre ya seca colgado de la boca muy prieta dibujándole una filigrana en el pantalón, y la barrigota aplastada, que soltó todavía un quejido de aire cuando lo levantaron y cuando los dejó pasar el Bari.

Seguro que se había acercado hasta allí para ver mejor a las tías que vineaban en la Antigua, tenía costumbre, con el Bari al lado, que era el que le daba seguridad para salir de noche, como él mismo me lo había dicho muchas veces: "Que me pida la pasta el que tenga cojones, cuando vaya con este…". Y el Bari como si lo estuviera entendiendo, con las orejas negras empuntadas y la pata delantera en el aire, preparado para najárselas en cuanto pudiera a imponer su autoridad de perrazo inmenso en Santa Cruz, abriéndose paso entre los falderos, jugando con ellos, machacando la hierba escasa, para terminar exhausto, cagando junto a alguno de los pinos, arrastrando el culo cuando tenía estreñimiento, que no he visto cosa más graciosa nunca, "Verlén, tío, el Bari no puede jiñar", y él: "Lo peor de la vida, colega, que se te cierre el culo en falso".

Seguro que se había presentado por allí renqueando de la pierna mala, con el ducados siempre colgado del labio y los ojillos atentos y dispuestos a arrancar cualquier palabra que sonara medianamente decente, para clavarla después en la cuartilla y mirarla y remirarla con deleite, que tenía la puta costumbre de enhebrar el poema para resaltar una palabra que había fijado en la cabeza, y eso que se lo dije cantidad de veces: "Verlén, tío, que así no puede ser, que se nota mucho".

No sé qué podía encontrar allí para tirarse tantas horas seguidas, alguna marranada, no me extraña, porque daba en todo después de ponerse de vinos hasta los ojos. Era cuando más insoportable estaba, se ponía a cantar como un loco moviendo el enorme bigotazo, que le brillaba del vino, y las gafas empañadas de sudor, ajustadas con los dedos manchados de todo el pringue que se le pegaba en las barras de los bares por donde pasaba.

Y peor si le daba por recitar, porque al final el camarero me decía bajo cuerda que me lo llevara porque estaba dando mucho el cante, y entonces me echaba el brazo al cuello y me apretaba muy fuerte contra él, trastabillando al cerrar la puerta del Hoby caminito de la Plaza de la Universidad, hasta que me hartaba y le tenía que dejar colgado casi siempre en alguno de los bancos, mirando la estatua de Cervantes con la cabeza monda y cagada por las palomas, y diciéndome a gritos: "Ven aquí, señorito de mierda", y yo le pegaba un corte de manga y desaparecía por López Gómez arriba, camino de mi residencia…

Y ahora tirado allí, según dicen, y el Bari que le estuvo custodiando por lo menos dos días, según dicen, que no había Dios que entrara en el rincón de la balconada, porque enseñaba los dientes y echaba espuma por la boca, como rabioso, y daba la impresión de querer que no molestaran a su amo, como si estuviera dormido, allí volcado, con la cosa fuera, el marrano de él.

Y si no es porque dieron parte de un perro rabioso a los de la perrera municipal, seguro que ni lo encuentran, que se toparon con el paquete sin ir a buscarlo y llamaron a la policía cuando vieron el cadáver. ¡Pobre Verlén! A él también le habían cagado las palomas en la cabeza cuando lo encontraron.

***

Era el puto chérif, desde Fray Luis, donde vivía, hasta la zona de detrás de la Antigua, siempre escoltado por el Bari, apareciendo en los lugares más imprevisibles, como aquel día, toda la puñetera tarde trabajándome a la palomita para sacarla del Largo Adiós: "¿Vamos a ver la luna desde el atrio de la Catedral?"; y ella: "¡La luna lunera! ¿Dónde está la luna? ¡Sí! ¡Qué genial! ¡Pero si hoy no se ve la luna!"; y yo: "¡Qué más da!", poniéndole una mano sobre el hombro, y ella que se deja hacer, a tono poquito a poco. En esto que veo subir la sombra de un coño de perro por las escaleras y ella que se me asusta: "¡Vámonos de aquí ahora mismo!". El Verlén, tío, el cabronazo del Verlén, con su bigotón de pirata asesino y su pierna de Silver el de la Posada del Diablo. "¡Vámonos, Chechu, vámonos!", oyendo de pasada el inicio de su cantinela estúpida: "Oh, el amor, el arco de los leales amadores franquearemos y uniremos nuestros corazones para siempre", que más parecía un clérigo vagante que viniera a casarnos a las puertitas mismas de la Catedral, que lo que era, un gilipollas de tío que me estaba haciendo perder una oportunidad de oro, porque la perica estaba de miedo. "Adiós, buenas noches, hermanos, adiós, hermanos", y si no es por el perro le suelto una hostia que le dejo tieso.

O los días sucesivos, que parecía que le veía en todas partes, le tenía hasta en la sopa, y lo último, lo inimaginable, con Pepe Costas, en el Ronquío: "Pero ¿no le conoces?; es el Verlén, el escritor". Allí estaba, una foto de la contraportada de un libro suyo, dibujado a plumilla y las señas de identidad de aquel mamón que me había hecho la pascua el día de marras.

"¿Ese libro es del Verlén?", unos versos chapuceros, lo más chapucero que he leído en mi vida, desmadejados, arrítmicos, altisonantes, y un romance aceptable sobre el Bari: "¡Vaya, hombre, este es el chucho famoso, el Bari, Bari se llama y es negro, vaya, hombre, vaya!".

Aquella misma noche le iba a localizar, por casualidad, y me vengué a capricho, eso que el pavo tenía una mamada como un piano, pero yo no estaba para menos y me importaba tres pepinos lo que pudiera pasar allí. "Pepe, ven que vamos a vacilar a este tío, que me jodió un rollo el otro día", y Pepe Costas, naturalmente, siempre dispuesto para la batalla contra los que él llamaba los típicos y este lo era a carta cabal. Acercándonos a él, me dice: "¿Este es el famosísimo vate, el inmortal arúspice, míster Verlén of Pucela City?", Costas inspiradísimo haciéndole una gran reverencia al estilo carca, y el Verlén que se mosquea y nos suelta que si queremos que se cague en la puta que parió a alguien, "¿pero de qué vas tú, colegui, qué mal te lo montas, no?", intervengo yo enseguida, y cito de memoria algunos versos del romance al Bari, y se queda pegado, tambaleándose un poco, con las gafas apenas caladas en la nariz, más altas de un lado que del otro, "¿pero qué pasa?; ponles de beber a estos chicos", así uno y otro y otro bar, hasta que Costas ya no le aguanta y se larga, y me deja tirado con el Verlén en plena calle, abrazados por el hombro los dos, cantando a grito pelado, quelasrondas nosonbuenas, quehacendaño, quedanpena, yyyseacaba porrr llorarrr.

Sentados en un banco, descansando el pedo, al lado de las Jesuitinas, controlando ya un poco, no se vayan a enterar en el colegio de que ando jodidísimo y lleguen con el cuento a mi casa.

En esto que aparece la pilingui más grande de las pilinguis de Pucela, que él la conoce y la besa, se tira encima de ella, rubia teñida, infame, no se la comen ni los leones, caderona, jamonaza, de las que pegan el pestazo, y el Verlén que se me pone tierno y le capisco y digo: "Esta es la mía", voy y me pongo chulillo y la otra que se argalla a la primera de cambio por mí, que enseño la pasta: "Mira, mira lo que tengo", canturreando, joder, joder, el Verlén revienta: "Pero tú qué te has creído, chulo barato, esta señora es amiga mía", la pilingui ya lanzada me echa la mano por el hombro, "tú, so guarra, so puta, largo de aquí", le dice, y yo que me quiero ir con ella y el Verlén por fin lloriquea, me quiere hablar aparte: "Ven, mira, tío, nos la chingamos en los váteres de la Estación", ensañándome yo: "¿Pero cómo vas a llegar tú, con esa pata chula?", "te mato", por fin la tempestad, "te mato", la pilingui que corre: "Esto a mí no me se hace", y el Verlén se para bufando, me llama, llora: "¿Tú sabes lo que es ser poeta, lo doloroso que es ser poeta, chico?, los dos en la acera de Fray Luis, bajo los grandes barrotes que tuvieron preso al frailecito, "yo también soy poeta, Verlén", le digo, y se echa sobre mí, que reculo por si las moscas, y me dice: "Ven aquí, señorito de mierda, jodido Rimbó", y me abraza y me aprieta muy fuerte y yo también le doy un abrazo por lo que me acaba de llamar. Y de aquí en adelante, para él, yo seré siempre Rimbó.

***

Tu gran cabezota, Verlén, so borrachón, te ha llevado al cielo donde estás ahora. "¿Cuántas veces te lo dije?". "Que el ducados es trilita, que el vino te va a joder el hígado, que no comes nada". También tu vieja te reñía. ¡Cómo me acuerdo ahora de ella!

¡Cuánto no habrá llorado por ti! No le importaba nada que le estuvieras comiendo su pensión de viuda, porque ella se llenaba con solo verte y sonreía. ¿Te acuerdas? "Este es el célebre Rimbó, madre", le dijiste un día que subimos a tu casa para recoger un libro que te había prestado. Me disteis pena, Verlén, y yo te quise más desde entonces, porque en aquel comedor mal iluminado y de muebles viejos, el comedor donde se apilaban los libros que tu gran cabezota no era capaz de reducir, allí estaba tu vida nocturna que yo desentrañé aquella decisiva noche.

"¡Se pasa toda la noche escribiendo!", me decía con admiración tu vieja. "¡Es un fenómeno!", le contestaba yo para enorgullecerla más todavía. Me disteis pena, y eso no te lo dije porque nunca me lo habrías perdonado, y me hubieses llamado otra vez señorito de mierda, seguido de los improperios que tú sabes hacia todos los que estábamos en aquel colegio de pago.

Pero sí te dije que estaba a disgusto con el Bari, allí tendido, debajo de la mesa, golpeándome los pies con su cola, e incluso me atreví a decirte que olía a cerrado, por el Bari seguramente. No podía creer casi lo que estaba viendo cuando te levantaste y le mandaste salir al perro. "¡Madre, abra un poco las ventanas!; ¿se encuentra ya a gusto el caballero?", me dijiste. ¡Cuánto debías amar las palabras para obrar con aquella humildad!

Ese mismo día comencé a enseñarte en serio a medir los endecasílabos, y te liabas con las sinalefas y los cómputos de sílabas, y lo mandabas todo a paseo. Te hablé de los poetas del momento y comenzamos a discutir sobre textos literarios, que a ti se te escapaban aunque te pusieras tozudo, porque tu inmensa cabezota no podía comprender aquellas sutilezas de la forma siendo como eras un poeta de fondos, de bajos fondos, y siendo como era la tuya una cabezota inmensa donde pudo anidar un día la locura de escribir versos.

***

Y ahora, según dicen, van y te encuentran allí, caído, con tu cabezota de testaferro volcada sobre una pierna, una vez que consiguen echarle el lazo al Bari, y te incorporan asustados cuando oyen tu último quejido de aire, y se miran al descubrirte con todo fuera…

¿Qué hacías, Verlén, marrano, mientras esperabas que una palabra hermosa cruzase por tu inmensa cabezota?

El seno de la familia

(A mi hijo Andrés, en el seno de su madre todavía)

Todos los años, durante el verano, el tío Mariano y la tía Tula vienen con un montón de regalos para los niños. Dependiendo de cómo les coincidan las vacaciones —o de cuándo se averíe la máquina con la que trabaja, como gusta decir el tío— suelen llegar antes o después, pero no hay año que no se pasen su buena semanita o diez días en casa del hermano, aquí en Miramar. El clima del pueblo o la nostalgia de la tierra tiran mucho, ya se sabe.

Invariablemente llegan con el coche hasta los topes de cosas: frutas, hortalizas (unas lechugas buenísimas que ya ni siquiera aquí se encuentran), toda clase de golosinas que hacen que se les salten los ojos a los críos (gominolas, sobre todo), y ropa como para vestir a un regimiento.

Los tíos no han tenido hijos, pero tuvieron que criar a dos sobrinos de la tía cuando eran pequeños, así que menos parirlos, dice la tía que está acostumbrada a hacer de todo por ellos. Y es cierto que en cuanto ella entra por la puerta, la alegría de mayores y pequeños es general. La tía, a su vez, es feliz en Miramar, aunque en ocasiones tiene la sensación

165

de estar en una casa de locos. Aquí son siete de familia y, si sumamos que las dos mayores están casadas, te puedes encontrar con los dos yernos más la chiquitina de la hija segunda, que se casó antes, más el bebé que lleva en la barriga la mayor... total: diez o doce gargantas que forman un barullo de miedo, a ratos insoportable, esa es la verdad.

Pero la tía Tula todo lo da por bueno con tal de sentir la alegría de esta casa. Eso sí, en cuanto llega, se pone la bata rosa y comienza a faenar como si estuviera en la suya propia.

A estas alturas la tía Tula ya casi no siente el no haber tenido hijos, es más, con la sobrinada que junta por ambas partes le basta y le sobra. Ella es una mujerona de corazón grande, casi tan grande como su busto de matrona clásica, risueña, de maneras que tiran a finas y una voz con un poco de grijo.

Es espléndida hasta la inimaginable. No ha entrado por la puerta y ya tiene preparada la propina para los más jóvenes y a continuación procede a desenvolver paquetes con camisas, pantalones, faldas... para todos hay algo. Incluso para el bebé de la mayor, que está de cuatro meses, una discreta camisetilla blanca en previsión de lo que pueda llegar, pues todavía no se sabe.

"Esta mujer es que es exagerada para eso", dice el tío Mariano viéndola desembalar los obsequios, y enseguida se sienta con su hermano a comentarle que la carretera estaba que no se podía circular o cosas por el estilo.

Entretanto, la tía se queda pensativa un momento mirando los paquetes y recorriéndolos con la vista. De repente se lleva las manos a la cara, completamente desolada, y suelta un ohhh muy grande desde su boca pequeñita. A continuación le dirige una mirada inquisitiva a su marido y le pregunta por la bolsa azul en la que ella había metido la fruta. El tío Mariano pone un gesto cómico de asombro y le responde que él qué sabe dónde está la jodida fruta. La tía le llama animal y le dice que si no sabe responder de otra manera. El tío se encoge de hombros y sigue de cháchara con su hermano.

"Ya sé dónde se ha quedado la fruta, Mariano", dice de nuevo la tía dirigiéndose a su marido. "¡Debajo de la mesa de la cocina, claro! ¿No te dije que bajases todo lo que había allí mientras yo sacaba lo del trastero? ¡Ay, Dios mío!, si tenéis la cabeza por tenerla", concluye la tía. "¡Haberte acordado tú, coño!", contesta bruscamente el tío con cara de pocos amigos.

"¡Bueno, bueno, bueno!", ha dicho la tía mientras hacía un gesto con su mano derecha como queriendo decir que mejor será dejarlo. Luego ha agarrado por el brazo a su cuñada, que no ha dejado de reírse en todo el tiempo, y la ha empujado a la cocina diciéndole que tenía ganas de tomarse un café bien calentito, porque está como destemplada, como con frío por dentro.

***

Antes de que sonase el timbre los dos chicos del medio, que se sacan año y pico de diferencia (la más pequeña también es niña), se estaban sacudiendo de lo lindo por debajo de la mesa. La cosa había empezado porque a uno le había tocado de postre un trozo de tarta más grande que al otro. El mayor, que es un tartagoso, no hacía más que picarle al pequeño invitándole a que comparara los tamaños de los dos trozos de la discordia, y para colmo había alargado su cucharilla en un momento de descuido y le había quitado a su hermano un piconcito del suculento triángulo que le había tocado en suerte o en desgracia.

Entre risas contenidas y ayes apagados se estaban cosiendo las espinillas a patadas por debajo de la mesa. Su padre ya les había reprendido un par de veces porque interrumpían la conversación de los adultos.

La hija más pequeña no hacía más que mirar su parte celosamente y mientras sostenía su cucharita en alto con la boca abierta, esperaba sonriente los movimientos de sus hermanos para compartir el cachondeo.

Hasta que un pisotón tremendo fue a parar justo al lado de su pie. Apenas si la había rozado y ya se había desatado en un berrido desenfrenado, con hipos, toses de atragantamiento y lágrimas gordas como uvas.

Entonces sonó definitivamente el vozarrón del padre cagándose en la madre que lo había parido a todo y dio un puñetazo en la mesa que hizo saltar y tintinear cuchillos y tenedores. Se hizo un silencio espeso y la madre dijo que no fuera tan bestia. Hasta el llanto de la más pequeña cesó del todo.

En ese momento se dieron cuenta de que el timbre había sonado y el padre, como para cortar algo que de llevarlo a efecto resultaría irreparable, se levantó de la mesa y fue a abrir, dejó la puerta entornada y regresó a la mesa. Cuando entraron en la cocina la hija mayor y el yerno, el ambiente parecía haberse calmado.

Los recién llegados dijeron que aproveche y la madre comentó que algo se olían estos, dirigiendo con la cabeza la mirada hacia el centro de la mesa, donde todavía se veía un buen pedazo de tarta. El yerno se frotó las manos y la hija dijo que venían a tomar café.

"No, si a estos no nos los quitamos de encima", dijo el padre al tío Mariano, ya con una sonrisa que delataba su cambio de humor. El tío Mariano contestó muy serio que es que la juventud de hoy no tenía vergüenza, que no era como antes. "Estos —le siguió la corriente el padre— por no ir, no habrán ido ni a misa esta mañana, y eso que es domingo".

El yerno le contestó en bromas que él iba a otra parroquia diferente y la hija, menos diplomática, dijo que ella no iba porque se aburría.

Su padre, poniendo cara de muy indignado, le dijo que luego tendría la vergüenza, poca vergüenza, subrayó, de decir Dios mío y de pedirle que su niño naciera bien.

La hija sentenció que ella ni le pedía ni dejaba de pedirle a Dios nada y le pidió a su madre un café haciendo un gesto de negativa rápido con la cabeza que le dejaba a su padre con dos palmos de narices. Para más inri le soltó a continuación que de pequeña ella se acordaba de que él tampoco iba. "Nunca, nunca, nunca en mi puta vida me he perdido una misa de domingo", se indignó el padre.

El yerno por terciar dijo que ahora los jóvenes iban poco y que él, la verdad, respetaba eso y que si no iba era simplemente por dejadez. Iba a decir que él era un poco agnóstico respecto al asunto, pero dudó entre agnóstico y escéptico, y como de todas formas consideró que a lo mejor no le entendían, pues se calló.

La tía Tula, también muy callada, se aprestó a ayudar a la madre en la recogida de la mesa, y solo volvió a hablar cuando la conversación tomó otro giro y el tío Mariano dijo que ahora ya no se trataba de don ni a los padres ni al médico ni a los curas ni a nadie de carrera, y que eso a él le parecía mal, porque no había respeto ni nada de lo que tenía que haber; o sea, que hoy la juventud no valía para nada. También contó de un caso que sabía él sobre unos que habían ido a pedir trabajo a su empresa con unas pintas que daba vergüenza verlos. "Hombre, a mí no me digas que eso es respeto…", concluyó. "Por favor, Mariano, no digas bobadas, pero por favor…", se indignó la tía Tula. "Eso era antes, hijo mío, hace cien años". La tía Tula continuó contando lo del luto que tenían que llevar las mujeres de antes durante un año seguido e incluso durante cinco años en algunos casos. Y dijo que si a eso había derecho.

Luego el padre, dirigiéndose al yerno, le soltó que por mucho que ahora se estudiase que no se sabían las reglas de urbanidad, la primera no levantarse la mesa mientras no hubiesen empezado a levantarse los mayores. El yerno se quedó de piedra porque no entendía si lo decía por él, que estaba sentado, o por todos los demás que pululaban levantados por la cocina, incluida la niña.

El yerno trató de meter baza exponiendo que ahora se valoraban menos las formas, que eso era verdad, pero que tampoco la gente tenía menos respeto que antes. Y como a su suegro el argumento le pareció impecable, terminó diciendo que si era respeto que chicos de quince años anduvieran a las siete de la mañana por la calle de juerga. Y añadió que, claro, que probablemente estarían en la calle porque en sus casas no habría nadie porque sus madres eran unas putas y estarían trabajando a esas horas. Y bebió otro buchito de vino. El yerno decidió nuevamente callarse porque pensó que a lo mejor en la discusión había un ingrediente con el que no había contado hasta ese momento, y entonces vio que la madre le quitaba al padre la botella de rioja, que ya iba bastante buena, justo en el momento en el que el padre iba a echarse un último trago al gollete.

"Me cago en mi puta vida", dijo el padre, levantándose y dirigiéndose al comedor. Ya en el comedor, el padre se quedó adormilado al poco tiempo en el sofá y hacía amago de roncar, así que el yerno decidió decirle al tío Mariano que se fuera con él, que le iba a enseñar el garaje, pues el tío no conocía todavía cómo había quedado el piso que habían comprado muy cerca de allí, al otro lado de la calle.

Antes de salir, el padre abrió un ojo y dejó arrastrar un "¡Dios…!" muy enfadado porque hasta el comedor había llegado la voz de la tía reconviniendo a los dos medianos, que al parecer continuaban la gresca en la cocina: "Pero por Dios, no os deis esos puñetazos que os vais a hacer daño". "Déjalos a ver si se matan de una vez", dijo la madre.

Cuando el tío Mariano y el yerno salían por la puerta, vieron a la tía Tula sentada con la taza de café cogida entre las dos manos, encogidita, disfrutando del café hirviendo, como a ella le gustaba. "Es que estoy todo el día como destemplada", dijo, "como con frío por dentro".

***

Al tío Mariano le pareció de maravilla lo del garaje. En realidad interrumpió la conversación que traía para decírselo al yerno de su hermano, a su sobrino mangado, como solía llamarse antes.

Le venía diciendo que si eso era enseñar lo de los maestros de antaño, lo de su maestro, que era un sinvergüenza porque tenía unos cerdos al lado de la escuela y de vez en cuando se iba a atenderlos. Que era de vergüenza, le había dicho, que les mandaba todos los días de tal página a tal página y al día siguiente, cuando iban a corregir, que lo que no coincidiese con un cuadernillo de soluciones que él tenía, pues que a repetirlo.

Al tío Mariano se le caían un poco los mofletes de la cara cuando estaba indignado. Así le parecía al sobrino. "En cambio, había otro maestro que daba clases particulares porque le habían echado de la escuela cuando la guerra, y aquel sí que enseñaba, te explicaba las cosas como Dios manda", le dijo el tío. El tío era un hombre de orden, de los de antes, al que le molestaba muchísimo lo que hacían los políticos ahora, unos sinvergüenzas, vamos, que estaban a llevarse todo lo que podían a manos llenas.

El tío se queda también maravillado cuando el sobrino le dice toda la parte de garaje que ha comprado un vecino del inmueble y piensa que no hay derecho a que unos tanto y otros tan poco. El poder del dinero, le dice el sobrino por decir algo, aunque piensa que para él quisiera ese garaje. "Es que no hay justicia: y muchos jóvenes sin casa para meterse", dice el tío.

Pero lo que más le indigna de todo es cuando ve el ascensor del inmueble. Dice que eso sí que es cosa buena, que es una pena que las dos viudas del primero que viven en su mismo edificio, allá en Bilbao, no hayan querido ponerlo. Y eso que sitio tienen de sobra en el hueco de la escalera. Unas trescientas debía de costarles a cada vecino, y las viudas que nones. Por uno perdieron en la reunión que hicieron hace un par de años, pero claro, si no hay mayoría no hay nada que hacer.

El piso le parece que les ha quedado precioso, que el suyo es mucho más pequeño, pero como no ha habido hijos, pues a ellos les está sobrando todo. "A ver, bobo, si no de qué me había quedado yo en ese piso", dice. Y terminan celebrando la cosa con un par de chupitos de güisqui con yelo.

Después han regresado a casa y le ha vuelto a comentar a la tía qué precioso les ha quedado el piso. "¿Verdad que sí?", le ha contestado la tía Tula, que ya lo había visto antes de misa.

El padre sigue todavía medio traspuesto, así que la hija mayor y el yerno se sientan sin hacer ruido en el sofá. El yerno se sonríe y le frota la barriga a su mujer como diciéndole lo contento que se siente con lo que hay en esa barriga. Le dice que así de pequeñín debe de ser, señalando la porción entre los dedos pulgar e índice de la mano derecha. La tía, que les está observando desde el marco de la puerta, se echa a reír y dice en voz baja que qué habrán hecho estos dos gurruminos. A la tía le gusta de vez en cuando decir palabras de su tierra.

Después la tía se sienta al lado de ellos y se frota su propia barriga. "Estoy como destemplada", les dice a los sobrinos, "como con frío por dentro". Que igual se toma otro café bien calentito.

NOTA DEL AUTOR

J. MEDRANO GABILUCHO es el pseudónimo del escritor Jesús Medrano García, autor de una extensa obra cuyos títulos están publicados fundamentalmente en AMAZON, en versión para ebook o en papel.

Así pues, sus obras pueden encontrarse:

- Escribiendo en AMAZON: **J. Medrano Gabilucho**

- Escribiendo en AMAZON el **título de cada obra**

- Desde el enlace que se facilita en su blog escribiendo en google: **medranogabilucho**

Printed in Great Britain
by Amazon

20244343R00105